KB068890

트리니티 레볼루션
Trinity
Revolution

트리니티 레볼루션
Trinity
Revolution 5

초판 1쇄 인쇄일 2018년 7월 17일 | **초판 1쇄 발행일** 2018년 7월 23일

지은이 임경주 | **펴낸이** 곽동현 | **담당편집 팀장** 이범수
편집부 홍현주 정요한

펴낸곳 (주)조은세상 | 출판등록 제 2002-23호
주소 경기도 연천군 미산면 청정로 1355
TEL 편집부 02)587-2966 | FAX 02)587-2922
e-mail bukdu@comics21c.co.kr

임경주 ⓒ 2018
ISBN 979-11-6171-998-6 | ISBN 979-11-6171-801-9(set) | 값 8,000원

임경주 현대판타지 장편소설

MODERN FANTASY STORY

트리니티 레볼루션 5
Trinity
Revolution

북두
(주)좋은세상

임경주 현대판타지 장편소설

MODERN FANTASY STORY

CONTENTS

제39장. 트렌치코트의 추적자

트리니티 레볼루션
Trinity Revolution

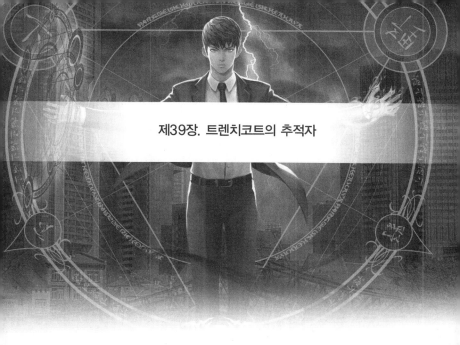

제39장. 트렌치코트의 추적자

시민단체 바른정선.

사무장이 자신에게 걸려 온 전화를 무심코 받은 뒤 화들짝 놀라 메일을 열어 보았다.

"알겠습니다! 큰 용기를 내 주셔서 정말 감사드립니다. 확인하고 다시 연락드리겠습니다!"

전화를 끊은 사무장이 벌떡 일어나 위원장을 찾았다.

"위원장님! 이거 좀 보세요!"

"왜 그러세요? 누구 전환데……."

"이범호!"

"이범호 후보요?"

"그 캠프 기획팀장!"

"……?"

위원장이 사무장의 자리로 이동해 모니터를 통해 메일의 내용을 살펴보았다.

위원장의 두 눈도 동그래졌다.

중남, 삼송, 백학으로부터 불법 선거자금을 받은 액수와 전달 장소, 그리고 방법까지 고스란히 기록되어 있기 때문이었다.

"이 양반 같이 죽으면 같이 죽지, 혼자는 절대 못 죽겠다 이거구만? 이범호 이 쓰레기 같은 새끼 오늘 잘 걸렸다!"

"어떡하죠? 기자들 불러서 바로 터트려야 하나요?"

"아닙니다. 먼저 움직이면 안 됩니다."

위원장이 사무실을 맴돌다가 벽시계를 올려다보았다.

사무장도 벽시계를 보며 숨을 골랐다.

째깍째깍.

고요한 가운데 초침 소리만이 들려왔다.

"이 양반 다시 전화 옵니다."

위원장의 말이 끝나자마자, 사무장의 전화기가 울렸다.

역시나 문일중이었다.

"한 사람만으로는 안 돼요. 더 끌어들여야 합니다."

"네."

사무장이 비장한 얼굴로 수화기를 들었다. 시민단체 바른 정선의 위원장과 사무장이 비밀리에 중남기업과 백학기업 그리고 삼송기업의 노무관계자들을 만났다.

문일중 기획팀장과 윤호석 선거본부장도 함께 자리했다.

처음에는 만남을 기피했지만, 계속되는 설득으로 깃털들의 마음이 움직인 것이다.

바른정선의 위원장이 말했다.

"사실대로 말씀해 주셔서 감사합니다. 어쨌든 여기 계신 분들이 모든 것을 다 책임질 순 없잖습니까? 깃털만 입건되면 무슨 의미가 있겠습니까? 몸통이 붙잡혀야 여러분들께서는 정상참작이 되니까 혐의에서도 벗어나고, 형량을 받아도 가볍게 끝날 것입니다. 어차피 여러분들이 모시는 후보들은 끝났습니다."

깃털들은 서로 연락을 시도했고, 각 기업들의 노무책임자들과 선거캠프의 불법 선거자금 총책들은 결국 모든 것을 시인했다.

시민단체 바른정선에서는 인터뷰 내용을 비롯해 독립언론의 기자들에게 공식적인 보도 자료를 뿌렸다.

첫 번째 기사는 막았지만, 두 번째는 막을 수가 없었다.

언론의 자유를 통제받는 기자들은 독립방송을 통해 더욱더 강력한 기사를 터트렸고, 이범호를 비롯한 세 기업들로부터 불법 선거자금을 받은 13명의 후보들의 지지율은 이제 급속도로 추락해 땅바닥까지 떨어졌다.

기사를 확인하고는 깜짝 놀란 대검 공안기획관 박수남은 공안부장에게 즉시 달려갔다.

더 이상 이들의 뒤를 봐줄 수가 없었다.

자신의 자리도 위태로운 상황이었다.

◇　◆　◇

박재영은 핸드폰이 울리자 잠에서 깨어나 전화를 받았다.

대검 공안부장 김효식이었다.

"무슨 일이야?"

[검사장님, 죄송합니다.]

박재영은 TV를 켠 뒤, 뉴스를 확인했다.

이범호 후보를 비롯한 13인의 불법선거 관련 기사가 집중적으로 보도되고 있었다.

눈은 화면을 보고 있고, 귀는 소리에 집중하고 있는 박재영의 표정이 굳어지기 시작했다.

"……"

박재영의 얼굴에서는 그 어떤 표정도 읽을 수가 없었다.

무표정한 얼굴로 혼자 중얼거렸다.

"증거를 넘긴 박수남과 증거를 받은 중앙선관위가 침묵으로 일관하고 있다라……"

[네. 조사관을 보낸 중앙선관위는 그 어떤 입장도 표명하지 않고 있습니다. 범정기획실에서도 이 후보들의 범죄 증거를 수집하지 못한 상태이고요. 또 그들이 순순히 자백을 한 것도 이상하고…….]

"어쩔 수 없지. 케이스 전부 중앙지검 공안2부로 보내서 철저하게 수사해. 다 잡아 처넣어야지 어쩌겠어."

[알겠습니다.]

이렇게 된 이상 봐주기 수사라든지 전관예우는 끝이다.

전화를 끊은 박재영은 앉은 채로 곰곰이 생각해 보았다.

이런 일이 벌어진 이유…….

총선 후보들의 고소 고발이 아닌 대검 공안기획관 박수남이 중앙선관위에 먼저 그 증거를 넘겼고, 일이 터졌다?

도대체 박수남의 노림수는 무엇인가?

대한민국 역사상 선거판에서 검찰이 먼저 움직인 적이 있었나?

왜? 도대체 왜?

핵심은 자신이 모르는 동안 이런 일이 술술 돌아가고 있었다는 것.

차기 검찰총장과 민정수석까지 내다보고 있는 그가 아무것도 모르고 있었다.

박재영은 기사를 더 찾아보았다.

한데 취재를 위해 몸싸움을 벌이고 있는 기자들 사이에서 우연히 유정을 발견했다.

"......?"

유정의 얼굴을 확인한 박재영의 얼굴이 의문에서 또 다시 무표정으로 바뀌었다.

◇ ◆ ◇

박재영이 고급 횟집으로 인수와 유정을 불렀다.

유정의 엄마 윤희와 함께 식사 자리를 마련한 것이었다.

"어서 와."

인수와 유정이 함께 들어오자, 박재영이 일어서서 두 사람을 반겼다.

"엄마 온다고 했어요?"

"그래. 출발했다고 전화 왔었다."

"별일이네."

유정의 퉁명스러운 말투에 박재영이 인수를 보며 웃었다.

"엄마는 너도 아니고, 나도 아니고 박 검 보러 오는 거야."

"그래요? 너 어쩔래?"

"뭘?"

"울 엄마가 널 사윗감으로 찜했나 본데, 어쩔 거냐고."

"곤란한데. 그러지 마시라고 전해 드려."

인수가 웃으며 말하자 유정이 입술을 삐죽거렸다.

"곤란한 이유는 뭐야? 유정이가 싫은 거야? 아니면 사귀는 여자라도 있는 거야?"

박재영이 젊은 두 사람 참 귀엽다는 듯 번갈아 보며 웃다가 인수에게 물었다.

"검사장님, 저는 임자가 있습니다."

"임자? 하하하하!"

박재영이 웃고 말았다.

"진짜 임자 같은 소리하고 앉았네."

"어쨌든 너는 꿈도 꾸지 마."

"무슨 꿈? 사랑은 계절처럼 돌아오게 되어 있어. 난 언제까지나 기다릴 거야."

"넌 윤철이 있잖아."

"이게 확!"

"윤철이가 널 얼마나 좋아하는데 그 마음을 몰라주는 거냐?"

"넌 내가 아깝지도 않냐?"

"그러는 너도 내가 아깝지 않냐?"

"에이 진짜 이게!"

"아까운 건 윤철이지."

"됐다. 꺼져라."

유정이 말을 말아야지 하며 물을 벌컥벌컥 들이키는 그때 유정의 엄마가 들어왔다.

"늦었네요."

손으로 목을 움켜쥐고 말했는데, 목소리가 여전히 성대에서 답답하고 힘겹게 기어 나왔다.

"아니야. 우리도 방금 왔어. 여기 앉아."

박재영이 유정의 엄마를 자신의 옆자리로 안내했다.

언제부턴가 두 사람은 서로 말을 편하게 주고받는 상대가 되었다.

유정도 이제는 그런 것이 괘념치 않았다.

어차피 엄마는 그 누구와도 재혼할 생각이 없다고 못을 박았기 때문이었다.

"네."

유정의 엄마가 박재영의 옆에 앉다가 인수를 보았다.

"인수 오랜만이네? 아니지, 이젠 박 검사님이라고 불러야지."

유정의 엄마, 즉 서한철은 자기도 모르게 악수를 하려고 내민 손을 즉시 거두어들였다.

순간 유정의 눈빛이 번뜩거렸다.

조금 지난 일이지만, 유정은 아직도 그날의 사건을 잊을 수가 없었다.

쥐도 새도 모르게 집 안으로 침입해 들어온 남자 세 명을 두 모녀가 박살 낸 것이다.

유정은 그날 엄마가 한영일을 상대로 싸우는 것도 모자라 능숙하게 제압했던 모습을 잊을 수가 없었다.

빠악!

그 주먹은 절대로 여자가 내지를 수 있는 주먹이 아니었다.

'유정아! 괜찮아?'

한영일은 분명 유정이 상대하기에는 벅찬 상대였다.

더군다나 깊게 잠든 사람의 얼굴에 강렬한 플래시를 비추며 목에 회칼을 들이대니 잠에서 깨어난 유정은 눈이 부신 데에다가 공포에 휩싸여 온몸의 힘이 쭉 빠져 버린 상태였었다.

목을 파고드는 회칼처럼 심장까지 파고들었던 그 섬뜩한 목소리까지.

'쉿, 움직이면 다쳐.'

유정은 놈이 시키는 대로 두 손을 앞으로 내밀 수밖에 없었다.

타이에 양손이 제압당하는 그때 엄마의 방에서 한바탕 요란한 소리가 들려오나 싶더니 잠잠해졌다.

'일어나.'

일이 잘못 돌아가고 있다는 낌새를 알아차린 한영일이 목에 가져다 댄 회칼을 위로 들어 올리며 유정을 일으켜 세웠다.

유정은 반항조차 할 수가 없었다.

한영일은 유정을 인질 삼아 거실로 나갔다.

그때 거실의 불이 켜졌다.

유정은 엄마의 표정을 보았다.

완전히 다른 사람이었다.

유정이 알고 있는 엄마라면 침대 밑에 숨어 오줌을 쌌을 것이다.

하지만 엄마는 두 명의 괴한을 제압한 것도 모자라 양쪽 손으로 놈들의 머리칼을 붙잡아 거실로 질질 끌고 나온 상태였다.

'뭐냐 니들?'

'호.'

한영일이 피식 웃더니 유정에게는 더 이상 관심 없다는 듯 회칼의 방향을 틀었다.

그 순간, 유정이 뒤에서 놈의 사타구니를 향해 발을 올려 찼다.

기회는 이때다 싶어 '너 한번 불알이 터져서 죽어 봐라.' 하는 심정으로 힘껏 찼다.

하지만 통하지 않았다.

한영일은 몸을 돌릴 때 이미 유정이 뒤에서 공격할 것을 본능적으로 예측한 것이었다.

쇄액.

‘큭!’

유정의 정강이가 회칼로 그어지는 순간, 엄마가 움직였다. 빨랐다.

터헝!

발을 박찬 엄마는 앞뒤 가리지 않고 육탄 돌격을 해 왔다.

평범한 여자의 몸으로는 절대로 할 수 없는 그 놀라운 대처 능력에 한영일이 움찔했다.

회칼이 채 방향을 틀기도 전에 엄마의 머리가 놈의 안면을 찍었다.

콰직.

‘크악!’

움찔한 한영일의 회칼이 막무가내로 허공을 그었다.

그 춤추는 회칼 앞에서 엄마는 우두커니 서 있을 뿐이었다.

사정거리에 들어오지도 않기 때문이었다.

‘젠장!’

한영일이 엄마를 향해 다시 회칼을 겨누는 그때였다.

퍼억.

이번에는 제대로 먹혔다.

‘꺼억……’

유정의 발등이 놈의 사타구니를 걷어차 버린 것이다.

물 풍선이 터지듯 터져 버렸다.

마무리는 엄마의 주먹이었다.

엄마가 천천히 다가오더니, 주저앉는 놈의 안면을 주먹으로 가격해 실신시켜 버렸다.

빠악!

그 주먹이 지금은 인수에게 악수를 청하다가 거두어진 것이었다.

"아주머니, 그냥 유정이 친구로 대해 주세요. 전 그게 좋아요."

인수는 서한철의 잘못된 부분을 바로잡아 주고 싶었다.

당시에는 어쩔 수 없는 선택이었다지만, 유정의 엄마를 그렇게 보내고 또 그렇게 방치한 채로 살아가서는 안 될 일이었다.

그것은 고인에게도, 유정에게도 계속해서 죄를 짓는 것.

악업의 연속일 뿐이었다.

서한철을 배신한 박재영은 분명 그에 대한 책임과 죗값을 치러야 하고, 유정의 엄마는 올바른 장례를 치러야 했다.

그렇게 서한철은 유정에게 모든 진실을 밝혀야 하는 것이다.

하지만 유정이 그 진실을 감당하지 못한다면…….

"남녀 간에 친구가 있나……."

"전 유정이와 발가벗고 목욕탕에 가서 등도 밀어 줄 수 있습니다."

"역시. 난 이렇게 격이 없는 인수가 좋아. 맘에 들어. 보면 볼수록 욕심난단 말이지."

"이 친구 임자가 있다는데?"

"어머 검사장님은…… 그런 문제가 아니잖아요. 뭐 골키퍼 있다고 골이 안 들어가나요? 우리 유정이는 그런 거 신경 안 쓸걸요? 문제는 여자로 안 보여서……."

"엄마까지 그러지 마라. 둘 다 매달리는 건 좀 아니잖아?"

"엄마가 도와줄게."

엄마가 웃자, 박재영도 웃으며 맞장구를 쳤다.

"아저씨도 도와주마."

유정의 표정이 싸늘해지자, 두 사람이 큼큼하며 헛기침을 했다.

인수도 웃음이 나오는 것을 억지로 참았다.

사실 유정은 오늘 엄마의 모습이 평소와는 달리 장난기 있는 것에 더 놀랍고 의심스러울 따름이었다.

분위기가 싸늘해진 그때 회가 들어왔다.

"자 맛있게 먹자고."

박재영은 일 이야기는 전혀 하지 않았다.

사실 이번 선거판에서 이범호 후보를 비롯한 거물들의 발목을 붙잡아 자신이 유리한 형세로 이끌어 가려고 했었다.

한데, 누군가가 먼저 터트린 것이다.

알아보니 유정이었고, 유정을 움직인 것은 틀림없이 인수였으리라.

괘씸한 것이 사실이지만, 그 전에 기특하기도 했다.

아직 젊으니까 그 정의감에 도취되어 부정한 자들을 이용해 어떻게든 힘을 만들고자 했을 것이다.

다만 그 힘을 정권의 변화에 따라 어떻게 가져가야하는지 그 요령을 모르는 것이리라.

그 부분에 대해서 두 사람에게 말을 해 주고 싶지만, 신뢰를 쌓는 것이 우선이었다.

신뢰를 쌓기 위해서는 먼저 친해져야 했다.

지금 이 시간만큼은 상사와 부하를 떠나서 그냥 좋은 아저씨처럼 편안한 시간을 보내야 하는 것이었다.

언제든 자신이 인수의 머리 위에 있다고 판단하고 있기 때문이었다.

인수는 자신의 심리를 박재영이 눈치 채지 못하게 계속 유지시켜 줄 필요가 있었다.

하지만 어느 순간에 다다르면 깨우칠 것이다.

자신이 인수의 머리 위에 있는 것이 아니라, 인수가 자신의 머리 위에 있었다는 사실을.

그리고 앞으로 승승장구하는 자신의 삶이 본인의 의지와는 상관없이 인수에 의해 펼쳐지고 결정된다는 것을.

마지막으로 중수부가 폐지되며 검찰총장에 이어 민정수
석에 오르는 미래가 이제는 바뀌어 영원히 다시는 돌아오
지 못할 저 밑바닥으로 추락하게 된다는 것을······.

그 시나리오를 박재영은 알지 못했다.

◇　◆　◇

경부고속도로 상행선 만남의 광장.

화물차들이 밀집된 주차장 가장 후미진 곳에 연두색의
NS기업 로고가 새겨진 2.5톤 탑차를 중심으로 각종 승용차
와 승합차 10여 대가 모여들었다.

주차를 마친 운전사들이 차에서 내려 트렁크를 열자 NS
전자 로고가 새겨진 크고 작은 제품 박스들이 가득 차 있었
다.

청소기, 전자레인지, 정수기, 김치냉장고부터 시작해 냉
장고와 TV까지.

그들은 NS기업 탑차의 번호판을 확인한 뒤, 운전사에게
다가가 넙죽 인사를 했다.

"안녕하십니까? 실장님!"

"안녕하십니까!"

"실장님, 잘 지내셨습니까?"

모두 다 지역에 퍼져 있는 NS기업 노무관리자들이었고,

2.5톤 탑차 운전사는 본사 노무실장이었다.

"인사는 됐고, 뭐 자랑할 일 있어? 트렁크 다 닫고 오른쪽부터 차례대로 열어."

"네!"

"네, 알겠습니다!"

악수도 없었다.

지시가 떨어지자, 지사의 노무담당자들은 각자의 차로 돌아가 트렁크를 닫고 대기했다.

본사 노무실장이 오른쪽의 차량부터 트렁크의 내용물을 확인했다.

청소기 박스가 여섯 박스.

모두 하나씩 열어 보니, 5만 원 지폐가 가득 차 있었다.

"청소기 됐어. 실어. 다음."

"네, 알겠습니다."

본사 노무실장이 두 번째 차량으로 이동하자 트렁크가 열렸고, 첫 번째 차량의 청소기박스는 2.5톤 탑차로 모두 옮겨졌다.

다음은 전자레인지 박스 8박스.

역시나 모두 다 열어 현금을 확인한 뒤, 마찬가지로 2.5톤 탑차로 옮겨 실어졌다.

"됐어, 실어."

"네!"

그렇게 10여 대 차량의 트렁크 확인이 끝났고 2.5톤 탑차로 옮겨 싣는 작업도 마무리되었다.

"다 실었어?"

2.5톤 탑차가 제품 박스들로 가득 찼다.

지잉, 지잉.

찰칵, 찰칵.

그 장면을 누군가가 줌을 당겨 사진을 찍고 있었다.

"뭐 하고 있어? 일 끝났으면 다들 해산해."

본사 노무실장이 수고했다는 말 한마디 없이 당장 흩어지라는 듯 손을 휘젓고는 운전석에 올라탔다.

부릉, 부릉.

시동을 걸고 출발을 하는데, 운전미숙으로 인해 가다가 섰다를 반복하는 것이 매우 불안해 보였다.

본사 노무실장은 승용차만 운전해 보았지, 2.5톤 탑차 운전은 처음이었기 때문이었다.

"안녕히 가십쇼!"

"실장님, 안전 운행하십쇼!"

"다음에 뵙겠습니다!"

뒤에서 지역 노무관리자들이 꾸벅 인사를 했다.

모두 각자의 차로 돌아가는데, 친분이 있는 두 사람이 멀어져 가는 탑차를 보며 대화를 나누었다.

"저 정도면 얼마죠?"

"300억?"

"우리가 제일 많이 주네요?"

"어쩔 수 없지. 천지기업이 150억, 대웅테크가 120억. 근데 갑진기업이 250억으로 확 올려 버렸어. 그러니 우리가 더 주면 더 주지 덜 줄 수는 없잖아?"

"갑진이 문제네요."

"그러게. 하여튼 기업들 정치권에서 돈 달라면 군소리 하나 없이 잘 줘. 특히 이번 대선은 더 심한 거 같아."

"이걸로 끝이겠죠?"

"그건 모르지. 아무튼 수고했어. 조심히 돌아가."

"네. 근데 실장님 걱정되네요. 탑차 운전은 처음 해 보는 거 같던데요."

"어쩌겠어. 저 양반도 먹고 살려면 해야지."

"양복이나 갈아입고 운전할 것이지는."

"내 말이. 뭐 어쨌든 잘 들어가."

"네! 그럼, 조심히 들어가십쇼!"

"그래! 다음에 한잔하자고."

"네!"

인사를 나눈 사람들이 모두 다 뿔뿔이 흩어졌다.

수풀 속에서 몸을 바짝 깔고 줌을 당겨 사진을 찍던 사람도 자리를 떠났다.

◇ ◆ ◇

여의도 새정의당 당사 지하 주차장 입구.

덜컥, 덜컥.

2.5톤 탑차가 몹시 불안하게 미끄러져 내려가다가 삐 하며 차단기가 올라가기도 전에 천장에 턱 걸렸다.

콰직.

시멘트가 깨지며 부스러기가 뒤쪽 유리창으로 떨어져 내렸다.

부웅, 부웅!

"어? 못 들어가네? 아, 젠장!"

"이봐요! 천장에 걸렸어! 그렇게 막 들어오면 어쩝니까? 빠꾸, 빠꾸!"

경비가 깜짝 놀라 튀어나와 소리쳤다.

"후진도 안 되는데?"

노무실장은 후진 기어를 넣고는 밟았다.

기어가 제대로 들어가지 않아 굉음을 터트렸다.

"와 이 양반 운전 더럽게 못하네? 당신 뭐 하는 사람이야?"

"잠깐만요."

다시 기어를 넣다가 빼기를 반복.

끼기긱, 끼긱.

하지만 굉음과 함께 타이어만 타들어 갔다.

이마에 식은땀이 송골송골 맺혔다.

여기까지 겨우 왔는데 천장에 걸리다니.

"아 이 양반 대책 없는 양반일세?"

경비가 운전사를 보아하니, 말끔한 슈트 차림에 탑차를 운전하는 것이 영 부자연스러웠다.

"이거 어떡하죠? 차가 빠지지가 않네요?"

"아 그러니까 막 들어오면 어떡합니까! 답답하네."

경비는 무전을 취하더니 동료들을 불러 모았다.

견인차도 불렀다.

그렇게 한바탕 소란 끝에, 노무실장은 당사 건물 옆에 차를 주차할 수 있었다.

"여보세요? 네, 본부장님. 접니다. 지금 도착했습니다."

경비가 통화를 하고 있는 노무실장에게 다가와 저 천장 어떻게 할 거냐며 따졌다.

"저기 저거 어떻게 할 겁니까? 거 신분증 좀 내봐 봐요."

"아휴, 죄송합니다. 제가 이런 차는 처음이라서."

"아니 처음이고 뭐고…… 당신 도대체 뭐 하는 사람이야?"

"뭐…… 그렇게 되었습니다."

"아 됐고, 저거 어떻게 할 거냐고 이 양반아! 주둥이 됐다 뭐 해? 대답을 해 봐. 빨리 신분증 달라니까?"

"어? 본부장님!"

노무실장은 경비의 말을 무시하고는 선거대책본부장에게 달려가 넙죽 인사를 했다.

"어, 그래. 고생했네."

여당이자 새정의당의 강력한 대통령 후보인 김건창 선거캠프에서 선거대책본부장으로 있는 한경묵이 손을 내밀어 악수를 나눈 뒤, 2.5톤 탑차를 바라보았다.

노무실장은 한경묵의 시선을 따라 즉시 탑차의 뒤로 달려가 문을 활짝 열어 보였다.

그곳에 가득 차 있는 NS전자 제품 박스들.

"다 확인한 거야?"

"네. 제가 직접 확인했습니다."

선거대책본부장 한경묵이 흡족한 표정으로 고개를 끄덕이며 다가와 상자를 하나 살펴보았다.

"그래도 확실한 게 좋은 거지."

"아휴, 그럼요."

한경묵은 직접 탑차 안으로 들어가 내용물 확인에 들어갔다.

찰칵.

옥상에서 줌이 당겨진 카메라의 셔터가 눌러졌다.

찰칵, 찰칵.

"본부장님, 그럼 저는 이만 가 보겠습니다. 차는 내일 저희

직원이 와서 가져갈 겁니다. 키는 여기 경비한테 맡겨 두시면 되겠습니다."

"알았네."

경비는 두 사람의 대화를 듣는 순간 낮은 자세로 고개를 숙였다.

"그리고 본부장님 저기……."

노무실장은 천장을 가리켰다.

천장의 시멘트가 깨지고 갈라졌다.

"쯧쯧쯧. 이 사람아, 어쩌다 저랬어?"

"제가 이런 차는 처음이잖습니까?"

"괜찮아. 내가 알아서 할게. 그만 가 봐."

"네, 그럼. 김 후보님 파이팅입니다!"

"그래."

노무실장은 굽실거리며 물러났다.

당사 건물을 돌아 나오며 넥타이를 풀자, 숨통이 터지는 것 같았다.

"못 해 먹겠네."

노무실장은 담배를 꺼내 물고는 불을 붙였다.

연기가 한숨처럼 내뿜어졌다.

찰칵, 찰칵.

그 모습도 카메라에 담기고 있었다.

◇ ◆ ◇

서울중앙지검 범죄정보과.

유정이 콧노래를 부르며 문을 활짝 열고 들어와 인수의 앞에 섰다.

"노크 할 줄 몰라요?"

"응."

"응?"

"네."

"지킬 건 지킵시다."

"네, 네."

유정이 건성으로 대답하자, 인수가 웃고 말았다.

"우리 서 수사관님 뭐 또 대단한 거 하나 물어 오셨네."

유정이 씩 웃으며 사진을 책상 위에 쫙 뿌렸다.

그 사진들을 하나씩 살펴보던 인수가 흡족한 표정을 지었다.

"그런데 신기하단 말이야. 거기에서 그런 작업을 하는 걸 어떻게 알았데?"

인수가 씩 하며 웃음으로만 대답했다.

"말 안 해 줄 거야? 아니, 안 해 줄 겁니까?"

"잘했습니다."

"뭐야? 그게 다야?"

"그럼 뭘 원하십니까?"

"뽀뽀라도 해 줘야 하는 거 아닙니까요?"

"그건 윤철이한테 해 달라고 하세요."

"됐거든?"

유정이 입을 삐죽거리며 눈을 위 아래로 흘겨보더니 밖으로 나가 버렸다.

"뭐야 삐졌나?"

칭찬이 부족했나 하며 생각하고 있는데, 문자가 왔다.

유정의 문자.

-윤철이한테 한수영이 준비시켰어?-

-응.-

-그랬군. 어쩐지 바쁜 척하더라.-

-열심히 하고 있나 보네.-

-그건 그렇고.-

-……?-

-소주 한 잔 사 줘. 맥주나 그냥 술 한 잔이 아니라 소주.-

인수가 피식 웃고 말았다.

◇ ◆ ◇

박재영은 보고서를 받아 보았다.

양쪽의 보고서를 비교하며 검토할 계획이었지만, 그럴

필요도 없었다.

대검 범정기획실에서 올라온 보고서와 서울중앙지검 범정과에서 올라온 정보였다.

"흠."

서울중앙지검 범정과에서 올라온 정보는 박재영이 깜짝 놀랄 만큼 그 영역이 광범위했다.

그리고 디테일에서도 굉장한 차이가 있었다.

정치권의 부정부패와 연루되어 범죄를 저지르고 있는 동료 검찰들부터 시작해 법조계와 재벌들, 그리고 지역공무원들과 각 지역 형사들의 발목을 붙잡기에 충분했다.

하지만 대검 범정기획실에서 올라온 정보는 중앙지검 범정과에서 올라온 정보에 비하면 허술하기 짝이 없었다.

이렇게 큰 차이가 날 정도로, 인수의 능력이 대단하단 말인가.

한데 가만히 살펴보니, 그 인물들이 과거 자신이 잡아넣지 못해서 혈안이 되어 있었던 신약 사건과 관련된 인물들이었다.

이것은 우연일까, 계획된 것일까?

"박인수……."

박재영이 인수의 이름을 나지막이 읊조렸다.

◇ ◆ ◇

　광수대 남정우 형사는 뜻하지 않은 전화를 한 통 받은 뒤 멍한 상태로 앉아만 있었다.

　기분이 더럽기도 했고, 뭔가 설레기도 했다.

　"남 형사님, 왜 그러세요?"

　"어? 아무것도 아니야."

　남정우는 밖으로 나가 담배를 입에 물며 생각에 잠겼다.

　'남 형사, 오랜만이야. 내 목소리도 잊었나? 나 박재영이야.'

　박재영이 직접 전화를 걸어온 것이었다.

　남정우는 핸드폰을 꺼내 시간을 보았다.

　박재영이 찾아오기로 한 시간이 30분도 남지 않았다.

　"씨발 새끼. 우리 형님 그렇게 만들고는 이제 와서 나를 찾네."

　남정우의 입에서 한숨처럼 담배 연기가 뿜어져 나갔다.

　"확 그냥 긴급사건 발생했다고 나가 버릴까?"

　말은 이렇게 하면서도 주변을 서성거릴 뿐이었다.

　남정우는 피우던 담배가 필터까지 타고 들어가자, 다시 한 대를 꺼내 물었다.

　"도대체 이제 와서 그 자료들이 왜 필요하다는 거지?"

　남정우는 담배를 피우며 생각에 잠겼다.

트리니티 레볼루션
Trinity
Revolution 5

34

어찌나 골똘하게 생각했는지 담배가 필터까지 타들어 갔고, 이내 새 담배를 꺼내 입에 물었다.

벌써 3대째였다.

남정우는 애꿎은 담배만 피워 댔다.

누가 옆을 지나가도 보이지 않았고, 무슨 소리를 해도 들리지 않았다.

지금까지 그가 수사해 온 방식과 기이한 사건들은 동료들에게 철저히 무시당했었다.

'남 형사! 세상에 염력이 어디 있어?'

'왜 그렇게 순진해?'

'접근방식부터가 잘못됐잖아!'

무능한 것도 모자라 방법이 틀렸다며 팀장님에게 손가락질까지 받았다.

한데 그동안의 자료들을 지금 박재영이 조용히 보길 원한다.

도대체 왜? 이제 와서 무엇을 확인하려는 걸까?

박윤구의 의문사와 한철 형님이 관련된 어떤 단서를 찾은 것일까?

남정우는 또 다시 담배를 꺼내 물었다.

4대째 줄담배였다.

"일단 만나는 봐야겠지."

남정우는 결정이 내려지자, 급히 담배를 피우고는 다시

안으로 들어갔다.

박재영이 원하는 자료를 모아 정리해야 했다.

인수를 향한 박재영의 의심이 시작된 것은 엉뚱한 곳에
서부터였다.

윤희와 함께 저녁시간을 보낼 때, 유정이 "엄마 이상하다?"
라며 툭툭 내뱉는 말부터 시작해 이어지는 윤희의 태도는 박
재영을 자극하기에 충분했다.

"난 울 엄마가 그렇게 싸움을 잘하는지 몰랐어."

유정이 집 안에 침입해 들어온 강도들을 물리친 상황을
말할 때 윤희의 표정에서 뭔가 알 수 없는 이질감을 느낀
것이었다.

우울증에 시달렸던 이 연약한 여자가 싸움을 잘한다?

더군다나 박윤구의 의문사 이후, 제3세대파의 움직임 또
한 허술하기 짝이 없었다.

'이럴 놈들이 아닌데?' 라고 생각될 정도로 석연치가 않
았다.

염력 살인이라는 서주은 기자의 기사가 보도된 이후, 박
재영은 윤희의 가정을 공격한 자들이 단순한 강도가 아닌
제3세대파의 행동대장이었다는 기사를 접했었다.

역시나 이 역시 서주은 기자가 작성한 글이었고, 사건 담
당 형사는 광수대 남정우 형사로 서한철과의 친분으로 인해

박재영 역시 매우 잘 알고 있는 형사였다.

침입 사건을 처음 접했을 때만 해도 박재영은 유정이 보통내기가 아니어서 겨우 화를 면했다고 생각했었다.

하지만 잘못된 판단이었다.

윤희가 그들을 제압했다는 유정의 말도 믿을 수가 없었다.

모든 것이 복잡하게 헝클어진 실타래처럼 느껴졌다.

박재영은 서한철의 실종부터 시작해 박윤구의 의문사와 침입 사건을 붙잡고 있는 광수대의 남정우 형사를 만나 볼 필요가 있다고 판단했다.

서한철이 나타나서 가족을 구했을 가능성에 무게를 둔 것이었다.

그런데 엉뚱하게도 인수가 얽어걸리게 될 줄은 꿈에도 상상하지 못했다.

대검 중수부장이 소리 없이 광수대를 직접 찾아왔으니, 광수대는 한바탕 난리가 났다.

"방금 남 형사랑 같이 자료실 들어간 사람…… 중수부장……."

"뭔 소리야?"

"맞아요! 대검 중수부장! 바, 바, 바, 박재영!"

"진짜야? 확실해?"

"팀장님! 큰일 났어요! 대장님! 대장님 연락해!"

하지만 박재영이 남정우와 함께 자료실로 들어갔을 때는
이미 문이 굳게 닫힌 뒤였고, 뒤늦게 소식을 듣고 달려온
대장부터 시작해 팀장까지 모두 밖에서 대기해야만 했다.

박재영을 대하는 남정우는 친절하지 못했다.

형님만 생각하면 울화통이 터지기 때문이었다.

남정우는 구시렁거리면서도 할 일은 다 했다.

"보십쇼."

퉁명스러웠지만 남들이 다 무시하는 박윤구의 의문사를
수사하면서 염력 살인에 중점을 둔 배경을 설명했다.

그리고 자신의 주장을 뒷받침해 줄 수 있는 미스터리한
사건들과 그 수사 자료들을 박재영에게 보여 주었다.

그중에서도 누군가의 염력이 실제로 작용한 것으로 보이
는 자료를 집중해서 보고했다.

"이 사건은 2003년 여름에 일어난 사건입니다. 피해자의
부모들은 지금 이 아르바이트생이었던 소년이 가해자라고
주장하고 있는데, 그건 사실과 다릅니다. 이 소년이 뭘 했
다면 놀라운 연기를 보여 주고 있는 것이겠지요. 보세요.
놀라서 엉덩방아를 찧는 것이 전 연기라고 생각되지 않습
니다. 그것보다는 여기에 주목하셔야 합니다. 갑자기 아이
들이 쓰러지고 물에 휩쓸리는 것처럼 휘청거리고 있는데,
주변 카메라를 확인해 보면."

트리니티 레볼루션
Trinity
Revolution 5

박재영의 동공이 확장된 채로 굳었다.

"이자가 있습니다."

남정우의 손가락이 가리키는 그곳에는 희미한 인물이 서 있었다.

얼굴 식별이 불가능했지만 박재영은 한눈에 알아보았다.

인수였다.

"다음 사건은 박윤구 의문사입니다. 이건 박윤구가 죽긴 전 이동 경로를 추적한 자료입니다. 역시 같은 인물이 카메라에 잡혔죠? 하지만 어느 순간 신기하게도 사라집니다. 어디에서도 찾을 수가 없었습니다. 어떤 카메라에도 잡히지가 않으니까요. 그런데 박윤구의 사망 시점과 근접한 시간, 바로 여기. 네. 여기에서 잡힙니다."

박재영은 무표정한 얼굴로 화면 속의 인수를 보았다.

"보행인식시스템에서도 동일 인물로 확인되었습니다."

남정우는 다음 영상을 클릭했다.

"제3세대파 핵심 간부들의 주변을 맴도는 이 인물 또한 동일 인물입니다. 현재 회장을 비롯한 핵심 간부들은 원인조차 알 수 없는 상태로 실성해 있습니다."

마지막 영상은 김서용 일당이 의문의 화재 사고와 감전 사고를 당한 사건이었다.

"이 모든 사건에는 이자가 있습니다. 여기, 여기, 그리고 여기."

남정우가 보여 준 미스터리한 사건의 주변에는 항상 인수가 있었다.

"이자의 신원은 확인됐나?"

"그건 아직…… 어려움이 많습니다. 이 사건들이 저에게 할당된 사건도 아니어서 시간도 부족하고, 화면을 보시면 얼굴 식별이……."

남정우는 일부러 거짓말을 했다.

박재영을 믿지 못하기 때문이었다.

"알았네."

박재영이 문을 열고 밖으로 나가자, 경찰 고위 관계자들이 모두 다 깜짝 놀라 경례를 했다.

남정우도 당황하는 그때 박재영이 뒤를 돌아보며 말했다.

"자네. 당장 짐 싸."

"네?"

"광수대장."

"네!"

"이 친구 내가 데려간다. 청장에게는 따로 얘기할게."

"알겠습니다."

박재영이 제복을 입은 경찰 수뇌들의 경례를 뒤로 하고 광수대 건물을 빠져나왔다.

◇ ◆ ◇

대검찰청 디지털포렌식센터.

트렌치코트에 탐정모를 착용한 남정우는 박재영에게 받은 인사 자료를 살펴보았다.

박인수.

놈이 확실하다.

사진의 얼굴과 이름에서부터 뭔가 촉이 오는 순간, 박재영의 목소리가 들려왔다.

'지금부터 자네가 할 일은 딱 하나야. 자네가 추적한 인물과 지금 이 인물이 동일 인물이라는 것을 입증해. 보행시스템만 확인해도 충분하겠지. 하지만 중요한 건 그 다음이야. 입증한 뒤에는 이자를 이 모든 사건의 용의자로 추정하고, 그 범죄를 소명할 과학적 증거를 찾아내는 거야. 단, 완벽하게 찾아낼 때까지는 우리 둘만의 비밀이란 거 명심해.'

남정우는 박인수의 인사 기록을 살펴보며, 혼자 중얼거렸다.

"동네방네 잔치할 때가 좋았지? 넌 이제 끝났어."

괴물이라는 표현도 어울리지 않는 현직 검사의 뒤를 캐내는 것도 모자라, 용의자로 올려 그 범죄 증거를 찾아내고 입증해야 한다니.

더군다나 비밀 유지까지.

"난감하지만."

남정우의 저 깊숙한 곳에서부터 강렬한 수사 본능이 솟구쳐 올랐다.

무엇부터 시작해 볼까.

박재영의 말대로 보행인식시스템으로 동일 인물이란 것을 입증할 수는 있겠지만, 이자가 범인이라는 것을 입증할 증거는 그 어디에도 없었다.

그렇다면 이놈의 DNA를 먼저 확보하는 것이 기본인데, 과연 사건 현장과 피해자들에게 놈의 DNA가 남아 있을까?

혹시 지문은?

사건 현장과 피해자들이 사용했던 흉기에 혹시 놈의 지문이 남아 있을까?

도대체 어떻게 입증할 수가 있나.

손도 대지 않고 박윤구를 죽이는 것이 과연 가능하긴 한가?

그것이 진실이라면, 놈이 염력을 사용할 수 있다는 것은 또 어떻게 증명할 수 있을까?

염력의 실체를 확인하기 위한 디지털포렌식의 영역확장은 어디까지 가능할까?

그런데…… 놈은 정말 염력을 사용할까?

순간 인수의 얼굴을 내려다본 남정우는 소름이 돋아났다.

염력 살인이 가능한 인간의 뒤를 캐다가 들키면, 박윤구처럼 쥐도 새도 모르게 이 세상을 하직하게 될지도 모른다는 두려움이 엄습해 온 것이다.

"젠장!"

남정우는 정신을 차렸다.

인수의 얼굴을 뚫어져라 노려보는 남정우의 트렌치코트가 잘 어울리는 것 같으면서도 한편으로는 우스꽝스럽기도 했다.

동료들도 술에 취하면 가끔 놀려 대곤 했었다.

그 옷 좀 제발 안 입으면 수사가 안 되냐고.

◇　◆　◇

대포집.

취기가 올라와 볼이 발개진 유정이 인수를 빤히 쳐다보더니 자리에서 일어섰다.

"화장실 좀 다녀올게."

"어."

그냥 술 한잔이 아니라, 소주 한잔하자고 말하면 거절하지 못하는 인수였다.

유정과 소주를 4병이나 나누어 마시고, 마지막이라며 5병째 뚜껑을 딴 상태였다.

처음부터 이 자리에 세영을 불러내 결혼할 사람이라고 소개시켜 줄 생각이었지만, 오늘 유정이 하는 행동을 보면 뭔가 위험했다.

윤철에게 나오라고 전화를 했더니 선약이 있단다.

분명 유정의 사주를 받고 자리에 참석하지 않는 것이 틀림없었다.

직장 동료들도 함께 가자고 했는데 선약이 있다며 피하는 것 역시 유정의 작업 때문이리라.

혼자 소주잔을 들어 비우고 있는데 화장실을 다녀온 유정이 자신의 자리에 앉지 않고, 옆자리에 앉았다.

"뭐 하자는 거야? 저리 안 가?"

"싫어."

유정이 옆구리로 파고들어 오며 팔짱을 끼었다.

"아 거 정말."

인수가 그 손을 붙잡아 떼어 냈다.

"아, 좀! 너나 좀 가만히 있어 봐."

"너 이거 직장 내 성희롱이야."

"팔짱 좀 끼는 게 무슨."

"여자가 뭐 이래?"

"너한테만 이래."

"다 부질없다. 제발 정신 차려라."

"그냥 이러고만 있을게. 비싸게 좀 굴지 마."

"이거 허락하면 또 어깨 빌리자고 그러고?"

"어떻게 알았어? 짠 하자. 어? 잔 비었네?"

"그거 내 잔이야."

"니 잔 내 잔이 어디 있냐?"

"시끄럽고 저리 돌아가서 앉아."

"인수야."

"가세요. 좋은 말로 할 때."

"인수 씨."

"아 거 진짜."

"나 너 땜에 여기가 너무 아파. 나 어떻게 해야 돼?"

"집에 가자. 데려다줄게."

"됐어."

유정이 벌떡 일어나 밖으로 나갔다.

"그럼 알아서 가라."

"그래, 이 자식아."

유정이 뒤도 돌아보지 않고 말했다.

비틀거리며 밖으로 나가는 것이 진짜로 가는 것이었다.

인수가 계산을 하고 밖으로 나왔을 때는 이미 유정이 사라지고 없었다.

트리니티 레볼루션
Trinity
Revolution

제40장. 오 나의 스승님

이태원클럽.

귀 안으로 파고들어 뇌와 심장까지 울려 이탈시키는 클럽 음악 속에서 유정은 술에 취해 비틀거리며 춤을 추었다.

먹이를 찾는 늑대처럼 한 젊은 녀석이 혼자 춤을 추는 유정을 발견하고는 옆에 있는 친구의 옆구리를 찔렀다.

친구가 옆구리를 찌르자 고개를 돌려보는 남자는 꽤 귀엽고 잘생겼다.

모델처럼 훤칠한 키에 멋있다는 표현이 정확했다.

"가 봐."

"오케이."

녀석이 움직이자 함께 클럽을 찾아온 일행들은 모두 다 기대하며 응원의 눈빛을 보냈다.

유정에게 접근해 춤을 추며 유혹을 시작하는 녀석의 이름은 민식.

바로 부영상가 옥상에서 인수를 상대로 이소룡처럼 쌍절곤을 돌리던 그 녀석이었다.

오늘은 그동안 목숨을 걸고 올라갔던 산을 포기하고 내려와 다시는 올려다보지 않기로 다짐한 날.

마음껏 취하고 마음껏 망가지기로 작정한 날이었다.

그런 민식의 손이 유정의 허리를 감쌌다.

시끄러운 음악으로 인해 민식이 유정의 귀에 입술을 대고 소리쳤다.

"자기!"

"응?"

"왜 그렇게 슬퍼 보이는 거야?"

"왜? 내가 슬퍼 보여?"

"응! 너무 슬퍼 보여!"

유정이 씩 웃으며 안겨 오자, 민식이 친구들을 향해 오케이 신호를 보냈다.

낚았다고.

남부터미널 인근 모텔.

민식과 유정은 허겁지겁 키스를 나누며 옷을 벗기 시작
했다.

이태원 근처의 모텔을 잡기 어려워 택시를 타고 남부터
미널까지 가는 동안에도 두 사람은 서로를 원했다.

벗어 던진 옷 속에서 핸드폰이 동시에 울렸다.

하지만 관심 없었다.

오직 서로의 육체를 탐닉할 뿐이었다.

한데, 유정이 벗어 던진 바지에서 뭔가 철거덩거리는 쇳
소리가 들리는 것이 수상쩍었다.

그 소리는 철없던 어린 시절에 자주 듣던 소리였다.

순간 민식의 머릿속에 수갑이라는 단어가 본능적으로 떠
올랐다.

하지만 설마 수갑을 지니고 다니는 여자가 자신과 이 시
간에 모텔에서 뒹굴고 있다는 것도 어울리지 않다고 생각
했다.

정신없이 서로의 몸을 탐닉하는 과정에서 잠깐 스쳐 지
나가는 생각이었던 것이다.

그렇게 둘 다 알몸이 되어서 침대 위로 몸을 내던진 순간
이었다.

'헉!'

민식은 유정의 몸을 뒤덮은 문신을 보았다.

새파랗다 못해 새카만 것이 소름이 다 돋아났다.

더군다나 민식의 밑에 깔린 유정이 미친 여자처럼 웃기 시작했다.

처음에는 그 웃음이 이 순간을 즐기고 있기에 좋아서 나오는 웃음인 줄로만 알았는데, 점점 커져 가는 그 웃음은 슬슬 소름을 자아냈다.

더군다나 알몸을 통해 또 드러난 것은 문신과 함께 살아 있는 용처럼 춤을 추며 꿈틀거리는 섬세한 근육이었다.

'미친년이다.'

민식이 수갑이 바닥에 떨어지는 소리를 다시금 떠올리며 잠시 주춤한 순간이었다.

"왜?"

"아…… 오빠 샤워하고 올 테니까 우리 예쁜이 좀 기다려? 알았지?"

"샤워?"

"응. 샤워."

유정이 민식의 두 눈을 뚫어져라 노려보더니 미친 마녀처럼 씩 웃으며 고개를 끄덕였다.

민식은 재빨리 샤워실로 들어가 샤워기를 틀었다.

"저 미친년 뭐지? 경찰 맞아?"

술에 취해 정신을 못 차리는 많은 여자를 만나보았지만, 이 여자는 뭔가 달랐다.

샤워실 안에서 물만 틀어 놓고는 안절부절못하며 서성거리던 민식이 살짝 문을 열어 보았다.

"어라? 자는 거야?"

가까이 다가가서 유정을 살펴본 민식은 기가 막혔다.

유정은 민식이 샤워실로 들어간 그새 깊은 잠에 빠져든 것이다.

손바닥을 펼쳐 눈앞에서 흔들어 보아도 미동조차 보이지 않았다.

민식이 어이가 없어서 담배를 입에 물며 유정의 가방과 옷을 뒤졌다.

"잉?"

유정의 검찰 수사관 신분증을 확인한 민식의 두 눈이 동그래졌다.

바지를 들어서 확인해 보니 진짜 수갑이었다.

"헐⋯⋯."

민식은 유정의 핸드폰을 살펴보았다.

뚱땡이라는 이름으로 부재중 전화가 8통.

패턴을 풀기 위해 형광등에 지문을 비추어 보았지만, 지저분한 상태라 열어 볼 길이 없었다.

한데 패턴 뒤로 한 남자와 함께 찍은 사진이 배경화면으로 자리 잡고 있었는데, 이 남자 어디서 많이 본 남자였다.

"……!"

순간, 민식은 뇌에 번개라도 맞은 것처럼 쾅 하는 충격과 함께 온몸에 소름이 돋아났다.

"설마……."

유정이 음 하며 등을 돌렸다.

이불이 흘러내리며 유정의 매끄러운 등과 엉덩이가 훤히 드러났다.

민식은 살아 숨 쉬는 것만 같은 여자의 용문신과 함께 등 근육을 바라보며 침을 꿀꺽 집어삼켰다.

민식이 긴장을 푸는 호흡과 함께 몸을 돌리는 그때 핸드 폰이 울렸다.

"이크!"

민식은 재빨리 전화를 받았다.

[야? 너 어떻게 돼 가고 있는 거야? 잤어?]

"시끄러!"

소리를 치자, 유정이 음 하며 자세를 또 바꾸었다.

이번에는 등이 아니라 앞이 훤히 보였다.

"쉿! 나 지금 나간다."

민식은 서둘러 옷을 챙겨 입었다.

바지를 입다가 균형을 못 잡고 넘어졌다.

쿠당탕!

낭패라고 생각하며 넘어진 상태로 슬쩍 침대 위를 올려다보았지만, 유정은 여전히 꿈나라였다.

"휴!"

옷을 다 입은 민식은 살금살금 나가려다가, 다시 뒤돌아 유정의 지갑을 털었다.

주민등록증을 통해 나이도 확인했다.

"2살 누님이시네? 누님, 이건 내가 누님 돈을 훔치는 게 아니라 다시 만날 여지를 남겨 두는 거야, 알았지?"

지갑에 있는 현금을 몽땅 빼낸 민식은 뒤돌아 나가려다가 다시 고개를 갸우뚱하며 침대 앞으로 되돌아왔다.

이불을 덮어 준 뒤, 유정의 잠든 모습을 물끄러미 내려다보다가 손을 들어 뺨 위로 흐트러진 머리카락을 정리해 주었다.

"나쁜 새끼!"

"힉!"

민식은 깜짝 놀라 손을 거두었다.

"너는 나쁜 새끼야!"

잠꼬대가 심했다.

"귀엽네, 이 누님. 매력적이야."

민식이 피식 웃으며 유정의 볼에 뽀뽀를 해 주었다.

"나쁜 놈……."

"네, 저는 나쁜 놈입니다."

그때 핸드폰이 또 울리자, 민식은 도망치듯 방을 빠져나왔다.

밖에 나오니, 친구들이 기다리고 있었다.

"야! 민식! 어떻게 된 거야?"

"뭐가?"

"뭐가 뭐긴 뭐야? 그 여자 지금 안에 두고 나온 거야?"

"여자? 갔어. 진즉에 갔어."

"뭔 소리야? 여자 옆에 있어서 조심하는 거 같던데."

"조심은 무슨. 가자. 가서 해장술이나 하자. 내가 사마."

민식이 앞서서 가자, 뒤따라오는 친구들은 이게 아닌데 하며 고개를 갸우뚱거렸다.

다음 날.

유정은 숙취로 인해 머리가 아파 죽을 지경인 데다가, 기억까지 나지 않으니 하루 종일 저기압이었다.

모텔에 어떤 놈과 함께 들어오긴 했는데, 아침에 눈을 떠보니 지갑의 현금도 깨끗이 사라진 상태였다.

몸 상태를 살펴보면 무슨 일이 있었던 것도 아니었다.

유정은 윤철에게 전화를 걸었다.

"어제 이태원클럽 11시쯤일 거야. 내 동선 좀 부탁해. 동행인 얼굴 좀 확인해 주고."

[뭔 소리야?]

"닥치고 시키는 거나 해."

[아 무슨 수사관이 자기 동선을 야매로 확인해 달래?]

"시끄러. 머리 아파. 끊어."

잠시 뒤에 인수의 핸드폰이 울렸다.

윤철이 인수에게 전화를 건 것이다.

"몰라. 어제 많이 취했나 보지. 뭐 지갑이 털렸는데 기억이 안 난다나 어쩐다나. 저걸 어쩌나?"

윤철이 끙, 하는 앓는 소리를 내며 끊었다.

그리고는 1시간이 지난 뒤, 유정에게 윤철의 전화가 걸려 왔다.

[메일 보냈어. 근데 뭐 하는 놈이야? 함정수사 중이야?]

"그런 거 아냐."

[그럼 뭐야?]

"아, 됐고. 얼굴 캡처 했어?"

[너 설마…… 잘한다. 클럽 죽돌이랑 눈 맞아서 모텔이나 들락거리고. 그것도 방이 안 잡히니까 택시로 남부터미널까지 갔냐?]

"끙, 시끄러."

유정이 전화를 끊고는 민식의 얼굴을 확인했다.

"이 새끼 잡히면 뒈졌어. 어디서 형사 지갑을 털어?"

인수가 뒤에 와서 민식의 사진을 슬쩍 본 순간, 기억이 났다.

아비요!

"어, 이 녀석?"

"뭐야? 이놈 알아?"

"몰라."

"모르긴 뭘 몰라? 알구만!"

"예전에 잠깐 스쳐 지나간 사람들 중 한 사람. 더 이상은 몰라. 근데, 잘 컸는데?"

"홍."

유정이 인수를 향해 못마땅하다는 표정으로 입을 씰룩거리더니 의자를 박차고는 밖으로 나가 버렸다.

◇　◆　◇

이태원클럽 근처.

유정은 탐문 수사를 시작했다.

나이트부터 시작해 클럽과 술집을 돌았다.

사람들에게 민식의 얼굴을 보여 주며 묻고 다니던 끝에 엉뚱한 국밥집 주인이 민식의 얼굴을 알아보았다.

"김 사범인데?"

"김 사범이요?"

"맞아요. 저기 검도장 사범."

"감사합니다."

무당검도장 간판을 올려다본 유정이 계단을 올라 검도장 안을 살펴보았다.

키도 크고 훤칠한 데다가 제법 잘생긴 젊은 사범이 수련생들을 지도하고 있었다.

유정이 문을 열고는 안으로 들어서자, 딸랑 소리와 함께 모두의 시선이 유정에게로 향했다.

"어? 누나? 누나 빨리 왔네?"

민식이 손을 흔들며 반가워했다.

"뭐?"

유정은 황당했다.

민식이 수련생들에게 타격대 치기를 지시한 뒤 유정에게 다가왔다.

그러자 유정이 웃음을 싹 거두며 허리뒤춤에서 수갑과 함께 미란다의 원칙부터 내세웠다.

"김민식 씨, 당신을 절도죄로 체포합니다. 당신은 묵비권을 행사할 수가 있고……."

"에이. 누나 다시 보고 싶어서 그런 거야."

"닥쳐. 일단 핸드폰 압수합니다. 내놔."

"핸드폰? 아! 누나 몸의 작품 멋지더라."

유정의 눈빛이 날카로워졌다.

"오오, 나 그런다고 허락 없이 막 찍고 그러는 남자 아니야. 어젯밤 내가 누나 지켜 준 거 몰라? 우리 못 했던 거 오늘 다시 해야지."

민식이 유정의 귀에 대고는 속삭였다.

"이게 어디서 개수작이야?"

유정이 민식의 머리채를 붙잡으려 했지만, 어이없게 먹히지가 않았다.

동작이 굉장히 빨라서 제압은커녕 붙잡을 수도 없었다.

"이리 와."

"누나, 여기 밑에 커피숍에서 기다려요? 나 빨리 끝내고 내려갈게. 나 누나한테 물어보고 싶은 게 있거든?"

민식이 윙크를 하더니, 뒤돌아 다시 수련생들의 앞에 서서 지도를 시작했다.

유정은 그런 민식을 보며 기가 막힐 따름이었다.

이렇게 넋을 잃어 본 적은 살면서 별로 없었던 것 같았다.

자기도 모르게 커피숍을 떠올리고 있는데, 인수에게 전화가 걸려 왔다.

"왜? 여기? 이태원 검도장. 좀도둑이 여기 검도장 사범이네. 온다고? 뭐 알았어."

인수가 지금 이곳으로 온다고 했다.

윤철과 통화를 나눈 인수는 유정이 하룻밤을 모텔에서 보낸 남자를 상대로 또 사고를 칠 것만 같았다.

유정은 일단 밑으로 내려가 건물을 빠져나와 인도를

서성거렸다.

"미쳤지! 내가 미쳤지! 아, 씨발!"

술이 원수였다.

돈이야 자신이 술에 취해 실수를 했고, 그 과정에서 재수 없이 놈이 빼 갔다고 생각하면 그만이었다.

하지만 한편으로는 하룻밤을 즐겼던 여자가 검찰 수사관 이라는 것을 알아챈 놈이 SNS에 올릴 사진과 동영상을 촬영했을지도 모를 일이었다.

그게 떠돌면, 경찰의 품위를 훼손했다는 이유로 옷을 벗게 되는 것은 시간문제.

그 사진과 동영상으로 추잡한 짓을 걸어올지 모르기에 차단할 필요가 있다고도 판단했다.

하지만 뭔가 홀린 기분은 사라지지가 않았다.

그렇게 서성거리고 있는데, 인수가 그림처럼 앞에 나타났다.

검정색 양복을 입은 모습이 저렇게 근사할 수가 없었다.

"좀도둑 찾은 거야?"

인수가 유정에게 다가와 쯧쯧 하는 표정으로 물었다.

"그런 눈으로 보지 마."

"뭘 보지 마? 너 도대체 뭐 하고 다니는 거냐?"

"……."

유정으로서도 달리 할 말은 없었다.

"윤철이 좀 생각해라."

"자꾸 윤철이랑 연결 짓지 마! 그냥 친구야!"

"너 진짜 혼난다. 나 화낼까? 나 화나면 너 눈물 쏙 빼놓을 거야?"

"……."

"좀도둑은 조용히 넘어가고……."

"뭔 상관이야."

"개념 없네? 나는 네 지휘관이야. 그리고 쪽팔리지도 않냐?"

유정이 토라져서 고개를 옆으로 휙 돌리는 그때였다.

"어?"

유정의 뒤에 민식이 나타났는데, 대번에 인수를 알아보았다.

"우와! 우와! 우와!"

민식은 탄성부터 내질렀다.

"만났다! 역시 맞았어! 드디어 만났다! 드디어 만났어!"

"뭐래?"

유정이 민식을 돌아보면서 '이 자식 미쳤나?' 하는 표정을 짓고 있는 그때, 민식이 인수의 앞으로 다가와 무릎을 꿇었다.

"스승님!"

"스승님?"

"네, 스승님! 이날이 오기만을 간절히 원했습니다. 스승님! 앞으로 저를 스승님의 제자로 받아 주십시오! 제 목숨을 바치겠습니다! 제발 저를 거두어 주십시오!"

유정은 황당할 뿐이었고, 인수는 난감했다.

"그날 옥상에서 스승님을 만난 이후로, 저 개과천선했습니다! 제발! 제발 저를 거두어 주십시오!"

"뭘 거두어?"

"그거! 그때 그 무예를 배우고 싶습니다."

"도대체 뭔 소린지."

"그 빠악! 빠악! 하면서 용을 만들어 내셨던 그 가공할 무공을 가르쳐 주십시오!"

"후!"

적타광구와 잠룡승천의 초식을 말하는 것이었다.

인수는 처음으로 골치가 다 아파 오기 시작했다.

"나 갈 테니까, 이 녀석 서 수사관이 알아서 해."

"뭐야? 아까랑 말이 다르잖아?"

유정이 인수의 뒤를 쫓아가 손을 붙잡아 돌려세웠다.

인수가 뒤돌아섰다.

유정은 인수의 눈을 보고 있지만, 인수는 피곤하다는 눈빛으로 유정의 뒤를 보았다.

하늘에 감사한다는 듯 두 손을 꼭 모으고 있는 민식을 보는 것이었다.

우우웅.

인수는 한번 확인해 볼 필요가 있다고 판단했다.

서클을 회전시켜 화이트존을 생성시켰다.

화이트존이 뻗어 나가 민식을 감쌌다.

"……?"

순간 엉뚱하게도 시를 쓰고 있는 민식의 모습이 보였다.

다시 쓰고 고치고, 전부 다 지웠다가 다시 쓰기를 반복하는 민식의 모습.

그러다가 가부좌를 틀고 명상에 들어가는 민식의 모습은 매우 진지했다.

우웩.

순간 민식은 구토하며 발작을 일으키더니 혼절했다.

내공을 쌓기 위해 혼자서 독학을 한 것이 부작용을 일으키는 과정이었다.

우우웅.

인수는 화이트존을 통해 민식의 단전을 점검해 보았다.

안타깝게도 들인 노력에 비해 단전조차 만들어지지 않은 상태였다.

호흡보다는 정신 의식에 집중했기 때문이었다.

인수는 민식이 쓴 시를 내려다보았다.

〈눈보라치는 곳〉

나는 확신한다.

저곳에 오른다는 것.

그것은 그를 만날 수 있는 유일한 길이다.

눈보라 치는 저 하얀 산은 나를 허락하지 않는 순백의 신부.

그녀는 그를 지키고 있다.

그는 싸워서 이기는 자. ??오직 그만 기억한다.

그를 통해 이기는 법을 배우고 겨우 올라갔지만, 모든 장비를 벗어 둔 채로 서둘러 도망쳐 내려와야만 했다. 순백의 신부는 내가 얼마나 타락한 존재인지를 확인시켜 주었다.

넌 여기까지다. 더 이상 올라오는 것은 곤란하다.

그녀의 목소리를 들은 순간은 죽음을 마주한 순간이었다.

이제는 두려움만 가득하다.

천둥번개와 함께 눈보라가 몰아치는 저곳은 검은 먹구름 아래 태고의 전설처럼 단단한 얼음과 하얀 눈으로 뒤덮인 곳.

나를 허락하지 않는 신부가 그를 지키는 곳.

?올려다보면 까마득하기만 하다.

함께했던 동료들은 모두 떠났다. 가족도 떠났다.

이제는 나 홀로다. 옆에 있어도 응원하지 않고 외면한다는 것은 이미 떠난 것이다.

저 산이, 내가 과연 오르다가 실패한 산이 맞긴 한 건지 신기하기만 하다.

다시 올라가야 한다.

다시 싸워야 한다.

외롭고 고독해 미칠 지경이어도, 다시 올라가야 한다.

칼바람에 귀가 찢겨 나가고, 하얀 눈에 무릎이 파묻히고, 맨손이 얼어붙고 마비되어 단 한 발자국도 나아가지 못해도 다시 오르고자 한다.

부랴부랴 장비를 벗어 두고 온 곳까지는 내가 아는 길.

하지만 길을 아는 것이 오히려 공포로 다가온다. 알기에 더욱 더 막막하다.

다시 오를 수 있을까? 내가 과연 저 산을 다시 오를 수 있을까? 그때는 어떻게 올랐을까?

검은 먹구름이 회오리친다. 번쩍하며 꽝음과 함께 내리친 낙뢰가 얼음을 깨부수고 눈사태를 일으킨다.

지금 내가 서 있는 곳은 안전한 곳. 포기한 자들은 쓸데없이 올려다보지 말라고 충고한다.

술만 마시고, 술과 여자에 취해 따뜻한 술을 권한다.

올려다보면 그저 막막해 하염없이 눈물만 흐르는 저 곳.

오를 수 있을까?

내가 과연 저 산을 다시 오를 수 있을까?

먼저 싸워 올라간 자는 보이지 않는 곳에서 손을 내민다.

그는 나에게 헛된 꿈, 헛된 용과 헛된 신부를 보여 주었다.

힘내서 오라.

그동안 네가 오른 산은 아주 작은 산. 내가 이끌어주겠다.

그의 응원은 나의 착각이다.

그럼에도 불구하고, 그는 나의 스승이다.

하지만 주저앉은 나는 울고만 있다.

눈보라 치는 저 곳은 허락된 자와 허락되지 않은 자가 이미 태어날 때부터 운명처럼 정해진 곳.

난 스승과 달리 허락받지 못했지만, ?다시 저곳에 오르고자 한다.

떠난 자들은 잊고, 스승처럼 싸워서 이기는 자만 기억한다. 그가 허락받은 천재이든 뭐든 상관없다. 그를 통해 이기는 방법만 배운다.

그는 목숨을 걸었을 것이다. 그것이 이 싸움에서 이기는 방법이다. 순백의 신부를 넘어서는 방법이다.

죽을 땐 죽더라도 다시 오르고자 한다.

그곳에 오르면.

가장 높은 곳에서 나를 내려다보고 있는 신부.

그를 지키는 순백의 신부.

나를 허락하지 않는 그녀를 향해 고함을 내지르고 싶다.

우우웅.

시를 다 읽은 인수는 민식을 다시 보았다.

민식은 네트워크처럼 펼쳐진 인간의 집단무의식을 이해했고, 명상을 통해 그 무의식 속에서 인수를 만나는 것을 목표로 하며 여기에 이미 목숨을 건 것이다.

그 과정에서 주화입마로 인해 생사를 오락가락한 것이 수십 번이었다.

보통 사람 같았으면 이미 포기하고도 남았다.

아무리 비우고 또 비운다 한들, 개인의 잡념은 집단무의식과 상호작용한다.

이 과정에서 기존의 환경에 의해 생성된 자아는 일종의 저항감을 형성한다.

그래서 부딪치는 것이다.

자연스런 현상이다.

하지만 문제는 그 과정이 불규칙하다는 것.

정해진 패턴이 없다.

민식은 이 과정을 순백의 신부에게 허락받지 못한 것이라고 표현했다.

주화입마에 빠져 죽음을 겪고 나면 또 다시 시도하기가 두려웠을 것이다.

시에서 표현한 것처럼, 명상에 들어간 민식의 정신세계는 집단무의식의 세계에서 눈보라에 파묻혀 길을 잃고

헤매는 과정만 반복하는 것이었다.

대부분의 수련자들이 이 과정, 즉 눈보라 치는 산을 넘어서지 못했다.

그리고 그 중간 언저리까지는 모두가 다 가 보았기에 길을 안다.

하지만 포기했던 사람이 다시 처음부터 시작하려면 까마득하고 막막한 길이다.

민식은 이것 또한 길을 알기에 공포라고 표현했다.

인수는 마음이 짠해 왔다.

이 단계에서 벗어나 한 단계 더 올라서면, 장막이 걷히듯 평온함과 함께 대초원이 펼쳐진다.

이 대초원에 도달한 사람들은 그들만의 무의식을 공유하는 것이 가능하다.

명상에서 깨어나 의식세계로 돌아오면 꿈을 꾼 것처럼 조각난 기억이 두서없이 떠오를 것이다.

주의와 집중이라는 여과기가 무의식을 의식으로 걸러 내는 과정에서 일어나는 현상이었다.

평범한 사람들도 꿈을 통해 이러한 경험을 겪기도 하지만, 인수처럼 명상을 통해 자유자재로 해낼 수 있는 사람은 극히 소수다.

물론 인수도 인간의 폐와 심장처럼 없어서는 안 될 주의와 집중이라는 여과기를 어찌하지 못해 무의식과 의식의 경계가 자유롭지 못한 것은 사실이었다.

그리고 그 경지는 인수에게도 풀기 어려운 숙제 중의 하나였다.

민식이 만약 이 과정을 스스로 극복했다면, 집단무의식을 넘어 평온한 대초원에서 인수를 만나 무의식을 공유했을 것이다.

물론 명상에서 깨어나는 순간, 정리되지 않는 꿈처럼 떠오르는 기억들을 다시 잡아내기 위해 애를 쓸 테지만.

녀석의 주의력과 집중력은 지금까지는 거대한 확신을 심어 주었을 것이리라.

인수는 간절한 사람들, 역경을 극복하며 열심히 노력하는 사람들 앞에서는 마음이 약하다.

어떻게든 도와주어야겠다고 마음을 먹은 것이다.

하지만 걸리는 것이 하나 있었다.

"너."

"네, 스승님!"

"진짜 원하는 게 뭐야?"

"네? 뭘…… 말씀이신가요?"

"네가 진짜 원하는 게 뭐냐고."

민식의 두 눈이 동그래졌다.

이 말은 혹시 자신을 제자로 받아 준다는 것인가?

"스승님! 제가 원하는 것은 오직 하나! 스승님처럼 강해지고 싶습니다!"

민식이 인도에 엎드려 큰절을 올렸다.

"그건 내가 원하는 답이 아니야."

"네?"

"그래. 만약 내가 나처럼 강해졌다고 치자. 그래서 뭘 할 건데?"

"그건……."

"너 이 말을 기억해."

"……?"

"패턴을 찾으려 하지 마."

"네?"

"패턴은 없어."

"길은 있다고……."

"없어. 아무것도 없어. 사기꾼들이 하는 말이야. 빛은 몇 번 봤어?"

"하얀 빛이요?"

"그래. 네가 말하는 신부."

"그걸 어떻게……."

민식은 지금 주님을 만났다.

그 누구에게도 하얀 빛을 신부라고 말해 본 적이 없기 때문이었다.

자신을 훤히 내려다보고 있는 인수는 절대적인 존재였다.

"셀 수도 없이 많이 봤습니다!"

"그거 초보자들이 자주 겪는 현상이야. 그 빛에 현혹되지 마. 눈보라와 천둥번개는 그 신부가 만들어 내는 것이 아니야."

유정은 옆에서 두 눈만 깜박거리며 양쪽을 번갈아 보았다.

빛? 신부? 천둥번개? 눈보라? 초식?

인수가 좀도둑이랑 도대체 뭔 소리를 하고 있는 거지?

"그럼 누가 만들어 내는 건가요?"

"모두가 아니면 아무도."

"네? 모두가 아니면 아무도요?"

"그래. 그냥 총체적인 거야. 모두가 만들어 내는 것이 아니면 아무도 만들어 내지 않아. 그냥 지극히 자연스러운 현상일 뿐이야. 거기가 그래. 그런 곳이야."

"방법을 알려 주세요! 스승님! 제발 길을 알려 주세요! 스승님께서 오른 경지에 저도 오르고 싶습니다."

"지금은 욕심이 너무 과해. 그건 내가 알려 주고 싶어도 알려 줄 수 있는 방법이 없어."

민식이 다시 무릎을 털썩 꿇었다.

모든 희망이 사라져 버리는 기분이었다.

인수를 만나지 못해 혼자만의 방법을 찾아 헤맸다.

그러다 명상에 눈을 떴고, 하얀 빛을 수차례 목격했다.

더 나아가 하얀 설산으로의 진입을 성공했다.

눈보라 치는 곳에서 인수를 만났다는 확신도 들었다.

그런 확신에 의해 지금까지 오다 보니, 초심을 잃었고 더 큰 욕망에 사로잡혔다.

이왕 이렇게 되니, 인수의 가공할 무공을 떠나 남들이 오르지 못하는 정신세계로 진입하고 싶은 것이었다.

그렇게 되면 엄청난 힘을 얻게 될 것이라 믿었다.

하지만 그토록 만남을 기대했던 스승을 눈앞에서 마주했지만, 정작 방법이 없다니.

눈처럼 새하얀 빛을 보는 것이 초보자에게나 나타나는 현상이라니.

"제발……."

민식의 두 눈에서 뜨거운 눈물이 흘러내렸다.

인수는 더 이상 두고 볼 수가 없었다.

눈보라치는 산을 넘어 대초원에 이르는 방법이 있다면 행운을 거머쥐는 것뿐이다.

하지만 자아의 저항감이 강할수록 그 행운은 멀어진다.

"그동안 노력이 가상하긴 하다만."

"흑흑흑."

"네가 집단무의식을 넘어선다는 것은 죽을 때까지는 불가능하고……."

평범한 인간이 명상을 통해 집단무의식의 세계에 들어올 수 있다는 것만도 대단한 일이었다.

그곳이 아무리 얻는 것이라고는 아무것도 없고 눈보라

치는 험한 곳이라지만, 녀석이 버텨 낼 수 있었던 것은 그 곳이 적타광구와 잠룡승천을 보았던 것처럼 새로운 세계였기 때문이리라.

노부의 초식을 전수해 줄 수는 있다.

하지만 이 녀석이 진정으로 원하는 것은 무엇일까?

단지 환상에 사로잡혀 사는 것은 아닐까?

노력이 가상하다는 이유만으로는 제자로 거둘 수가 없었다.

"야! 너 도대체 원하는 게 뭐야?"

유정이 무릎을 꿇고 울고 있는 민식의 뒤통수를 향해 내뱉었다.

"저요?"

민식이 울기를 멈추고는 두 눈을 깜박거렸다.

인수처럼 강해지고 싶어서 여기까지 왔는데, 진정으로 무엇을 원하고 있는 것인지 헷갈렸다.

명상을 포기하고, 친구들을 만나서 술에 취해 놀면 원하는 여자를 쉽게 얻었다.

단지 하룻밤을 즐기는 것뿐이었지만, 이제는 그마저도 슬슬 지겨웠다.

돈에 큰 욕심이 있는 것도 아니었다.

명상에 다시 도전하는 것은 언제나 마음의 짐이었다.

어린 시절, 그를 만나기 전까지는 단지 강해지고 싶은

마음뿐이었다.

싸움을 잘하고 싶었다.

그런데 그를 만나고 나서 인생이 바뀌었다.

이제 그를 다시 만나면 모든 것이 다 해결될 것이라 생각
했다.

하지만 그가 던진 질문에 대답할 수가 없었다.

내가 정말 원하는 것은 무엇일까?

"그래 너에게 다시 묻고 싶다. 내가 가진 힘을 너도 얻는
다면 그 힘으로 무엇을 할 거냐?"

"전 단지……."

"그 대답을 찾아라."

민식은 인수를 올려다보았다.

태양과 함께 눈부시게 빛나고 있는 인수의 모습은 거대
한 신과도 같았다.

"스승님! 제 지나온 날의 무지를 이제야 깨닫습니다! 반
드시 찾겠습니다. 그때 절 제자로 받아 주십시오!"

"그러마. 대신……."

"네?"

"돈을 훔쳐 간 죄는 달게 받아야겠지?"

"그건 핸드폰 배경사진의 남자가 스승님이 아닐까 싶어서
다시 만나려고……."

"뭐?"

유정이 자신의 핸드폰 액정화면을 보았다.

자신이 자고 있을 때 별걸 다 뒤져 보았다고 생각하니 화
딱지가 치밀어 올라왔다.

"이 새끼 이거 안 되겠네. 가자."

유정이 민식의 손에 수갑을 채울 기세였다.

"됐어. 그만해."

인수가 말하고는 뒤돌아 갔다.

"쳇!"

유정이 민식을 위 아래로 노려본 뒤 인수의 옆으로 다가
오자 인수가 갑자기 유정의 볼을 꼬집었다.

"아, 아아!"

"확! 그냥!"

"아, 뭐!"

"너 지금 정신이 있냐, 없냐?"

"아 볼때기 놔라!"

"못 놓겠다!"

"아 놔라!"

"너 한 번만 술 취해서 정신 못 차리기만 해 봐."

"아무 일도 없었잖아!"

"이게 아무 일도 없는 거냐? 저 녀석 아니고 다른 놈 만났
으면 어쩔 뻔했어?"

"그게 뭐 중요해?"

"와, 그게 안 중요해? 너라는 여자는 정말."

"내가 여자야? 응?"

유정이 두 팔로 인수의 허리를 덥석 안았다.

"하!"

"그래도 내가 여자로 보이기는 하나 보네? 아 새로운 사실에 기분이 좋아진다. 어?"

인수가 유정의 팔을 강제로 풀고는 저만치 앞서가 버렸다.

"같이 가!"

유정이 그런 인수의 뒤를 따르며 애교를 부렸다.

다시 팔짱을 껴 온 것이다.

"이런 탐문 수사 둘이 자주하면 좋겠다."

인수가 팔을 쳐내며 밀쳐내자, 떨어져 나간 유정이 흥, 하며 다시 팔짱을 껴 왔다.

인수는 후, 하며 고개를 설레설레 저을 뿐이었다.

"근데 박 검사님? NS 관련자들은 언제 터트릴 건가요?"

"너 정신 차리면."

"아잉. 중수부장한테 다 오픈한다?"

"하든지 말든지."

"정말?"

"너나 정말 이러지 마라. 나 결혼할 사람 있는 거 몰라?"

"사랑은 계절이야."

"이 나라를 떠나든지 해야지. 계절 안 바뀌는 곳으로."

"흥. 어디든 따라갈 거야."

"아 좀 떨어져."

"그러니까 자꾸 밀어내지 마. 내 성격 알잖아."

"적당히 해라."

그래 봐야 너만 상처받는다는 말은 차마 하지 못했다.

"내 부탁 들어주면."

"또 뭐?"

"소주."

"됐어. 그런 말이 부탁이라고 나오는 게 정말 신기하다."

유정이 삐졌다는 듯 입술을 쭉 내밀었다.

"그러니까 어제 나를 그렇게 보내지 말았어야지!"

"와…… 저 주둥이. 확 꿰매 불라. 넌 왜 그렇게 남 탓을
하냐?"

"헤헤. 그럼, 약속하자."

유정이 새끼손가락을 세워 인수의 눈앞에서 흔들었다.

"뭘?"

"지금 당장 소주로 담판을 짓는 거야. 네가 술에 잔뜩 취
해서도 내 유혹을 버텨 낸다면 내가 깨끗이 포기할게."

"웃기고 있네. 그게 뭐데? 나 참, 어이가 없어서."

"내 직감은 한 번도 틀린 적이 없어."

"……"

인수가 유정을 내려다보았다.

하지만 반론을 하지 못했다.

"너도 날 좋아하잖아."

"그만해."

인수의 표정이 굳어졌다.

진짜 화가 난 표정이었다.

"싫어! 화내지 마! 그렇게 화내지 마!"

유정이 두 손바닥으로 인수의 양쪽 볼을 붙잡고는 흔들었다.

"제발!"

"후!"

"화 풀렸다!"

인수가 한숨을 토해 내더니, 유정을 노려보았다.

유정은 심장이 터질 것만 같았다.

이 남자 넘어온 것이다.

"그래. 가자! 네가 잘 모르나 본데, 나는 술에 취하지도 않고 네가 무슨 짓을 해도 안 넘어가. 알아? 대신 약속 안 지키면 너랑 나랑은 완전히 끝이야. 영원히 끝이라고. 알았어? 너 약속할 수 있어?"

"응, 약속."

유정이 입술을 굳게 다물며 고개를 끄덕였다.

하지만 속으론 쾌재를 부르고 있었다.

트리니티 레볼루션
Trinity
Revolution

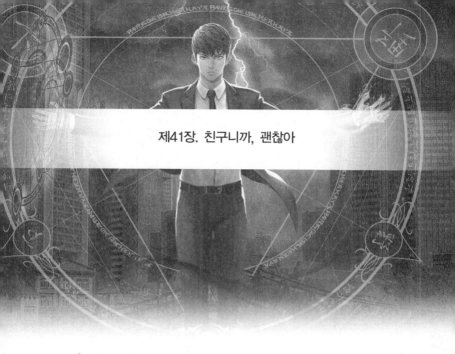

제41장. 친구니까, 괜찮아

장소는 유정이 결정했다.

참숯도나.

인수는 자리에 앉자마자 소주부터 주문했다.

"아주머니, 소주 10병 주세요."

"10병 더 주세요."

"적당히 해. 객기 부리다 너 죽어."

"오늘 널 가질 수 있는데, 이 정도쯤이야."

"웃기지 말고 약속이나 지켜. 아, 약속을 하나 더 추가해
야겠어."

추가 약속은 이 내기에서 지면 윤철이에게 기회를 주라
는 것이었다.

"안 돼, 뭘 추가해? 말이 다르잖아."

"그래? 그라믄 없던 일로 하자. 내가 므단다고 이 아까운 시간에 너랑 쓸데없는 짓을 한데?"

"너 지금 사투리 쓴다?"

"뭔 소리야?"

"뭔 소리는 뭐가 뭔 소리야? 너 방금 사투리 썼어."

"아 됐고, 뭔 상관이야. 추가 제안 받아들일 거야, 말 거야?"

"비겁한 놈. 뭐!"

"윤철이랑 잘해 보라고."

"친구 이상으로는 안 보이는 걸 나보고 어쩌라고?"

"내가 지금 그래."

"아니야. 넌 지금 흔들리고 있어. 내 눈은 못 피해 가지."

"알았어. 마셔."

종업원이 소주를 10병 탁자에 깔아 주었다.

"소주잔은 됐고요, 글라스로 2잔 주세요."

"네…… 안주는 고르셨어요?"

"너 먹고 싶은 거 먹어. 속이 든든해야 나 이기지."

"말장난도 지겹다. 여기 고추장불고기? 이걸로 주세요."

고추장불고기에서 유정이 풋, 하고 뿜고 말았다.

"뭐야?"

"우리 박 검사님 오늘 한 번도 안 찾으시던 안주를 다 찾으시네? 고추장불고기?"

깔깔깔. 유정은 빵 터져서 옆구리를 붙잡고는 웃기 시작했다.

곧 숨이 넘어가기 일보 직전이었다.

"뭐가 웃겨?"

"웃기잖아!"

인수는 지금 유정을 상대로 자신이 왜 이러고 있는 건지 헷갈렸다.

내가 아니면 아닌 것이지 굳이 이럴 필요가 뭐가 있냐는 것이었다.

하지만 한편으로는 유정에게는 술에 취하든 말든 넌 절대로 여자로 안 보인다는 사실을 확인시켜 줄 필요도 있다고 판단했다.

술이라는 것이 인체에 어떤 영향을 주는지 잘 알고 있는 인수였다.

술은 흥분제가 아니다.

사람들이 잘못 알고 있는 부분이다.

오히려 신경을 억제하는 억제제이다.

하지만 그 억제하는 부분에 있어서 문제가 발생한다.

다른 것을 억제하는 것이 아니라, 평소에 하지 말아야 한다고 생각해 왔던 것들을 억제하기에 오히려 잘 참아 오고 버텨 왔던 그 자제력이 풀려 버리는 것이다.

예를 들어 술만 마시면 헤어진 여자 친구에게 전화하게 되는 것이 바로 그런 경우이다.

　평소에 절대로 전화하지 말자고 하는 다짐을 술이 억제해 버리기 때문에, 그 다짐이 풀려 버려 전화를 걸게 되는 것이다.

　만약 오늘 인수가 술에 잔뜩 취해 유정의 유혹을 견뎌 내지 못한다면, 그것은 평소에 유정을 여자라고 생각하며 육체적인 관계를 원했지만 줄곧 자제하고 있었다는 것을 증명하게 되는 것이다.

　하지만 술에 잔뜩 취해서도 유정을 밀어낸다면 평소에도 친구 이상으로 생각해 본 적이 없다는 것이다.

　인수는 사실 그것이 궁금했다.

　유정을 향한 자신의 마음이 단지 친구일 뿐인지, 아니면 한 번쯤 관계를 갖고 싶어 하는 매력적인 여자인지 스스로도 헷갈렸기 때문이었다.

　유정은 다른 여자들과는 달리 매우 독특했고 자신 만의 특별한 색깔과 매력이 있기 때문이었다.

　"전화기 꺼."

　"반가운 소리."

　인수가 전화기를 끄고는 탁자 위에 올리자, 유정도 전화기를 끈 뒤 인수의 전화기에 포개 올리며 풋, 하고 웃었다.

　"곧 이렇게 될 거야."

유정이 포개진 핸드폰을 가리키며 윙크를 날렸다.

"시끄럽고, 받아."

인수가 다시 까르르 웃고 있는 유정을 못마땅한 눈으로 바라보며 소주를 따라 주었다.

글라스에 소주가 가득 찼다.

"너도 받아야지."

유정이 여전히 웃으며 인수의 글라스에도 소주를 가득 따라 주었다.

"건배."

"건배."

두 사람은 서로의 눈을 바라보며 글라스를 입에 가져갔다.

원 샷.

유정이 먼저 잔을 비운 뒤 머리에 털었다.

인수도 잔을 비우고 나서 머리에 털었다.

짝짝짝.

유정이 박수를 친 뒤, 소주를 따르다가 부족해 새로운 병을 돌려 땄다.

"받으시오."

인수가 말없이 잔을 받았다.

새로운 병을 따서 유정의 잔을 채웠다.

"건배."

"건배."

두 사람은 또 다시 단숨에 잔을 비웠다.

"안주 좀 먹어야 괜찮지 않겠어?"

"난 괜찮은데? 아, 참! 너 고추장불고기 먹어야지. 고추장 불고기."

유정이 힘주어 또박또박 말하다가는 또 풋, 하고 웃음보를 터트리고 말았다.

"대체 뭐가 웃긴 건지 원. 받아."

"응."

유정이 실실거리며 인수를 흘겨보기 시작했다.

"취했네."

"응."

"그만하지?"

"이제 시작인데 뭘."

"알았어. 일단 뭐라도 좀 먹어."

"그래. 고추장불고기."

숯불이 들어왔고, 인수가 고기를 펴트려 올렸다.

"기분이 슬슬 좋아진다."

"좋을 때 끝내는 것도 괜찮아."

"왜? 겁나?"

유정이 갑자기 상의를 벗었다.

몸에 달라붙는 민소매 티로 인해 가슴과 어깨의 문신이

드러났다.

"나 머리 좀 묶고."

유정이 머리를 뒤로 묶었다.

어깨의 근육으로 인해 문신이 살아 움직였다.

"무슨 차카게 살자도 아니고. 어째 갈수록 늘어나냐? 누
가 너 찌르면 제복 벗게 될 수도 있어."

"쉿! 다들 지려."

"지리긴 누가 지려."

"너만 조용하면 돼. 여기서 내가 경찰인 거 아는 사람이
누가 있어?"

"아, 그러세요?"

인수가 주변 손님들의 눈치를 살펴보니, '저것들 뭐야?'
하는 표정으로 소곤거리기 시작했다.

머리를 다 묶은 유정이 입술을 푸르르 하더니 고개를 좌
우로 흔들었다.

두 손바닥으로 자신의 양쪽 뺨을 찰싹찰싹 때렸다.

취기가 올라오는 것이었다.

"마셔."

"그래."

인수가 유정을 걱정스러운 눈으로 바라보며 글라스를 비
웠다.

유정은 끄떡없다는 듯 글라스를 비우고는 머리에 털었다.

"후!"

하지만 힘들어 보이기 시작했다.

"힘들어?"

"아닌데? 너나 걱정해. 지금 내 걱정할 때가 아닐 텐데?"

"그만하고 가자. 내가 지금 너랑 뭘 하나 싶다."

"야……."

"뭐."

"야…… 박인수……."

"취했구만. 벌써 취했어."

"너 박인수……."

"뭡니까? 서 수사관님. 술도 못 마시면서 나를 상대로 무슨 유혹을 한다고. 실망스럽기 짝이 없네."

"히히히."

"웃지 마."

"아 왜에."

유정이 입술을 쭉 내밀었다.

"내가 그렇게 싫어?"

"누가 싫데?"

"그런데 왜 나 미워해?"

"누가 미워해?"

"나 미워하잖아."

훌쩍, 팽!

유정이 물수건으로 코를 풀었다.

"미워하는 게 아니라 좋은 친구를 잃고 싶지 않은 거지."

"우리가 친구야?"

"친구지."

"남녀 사이에 친구가 어디 있어?"

"여기 있잖아."

"그럼 너랑 나랑 목욕탕에 발가벗고 들어가도 되겠네?"

"그건 아니지."

"왜? 친구라면서? 친군데 왜 못 해?"

"남들이 보잖아."

"그러면 아무도 안 보는 데서는 그래도 되겠네?"

"뭐 남들 눈만 없다면야."

인수가 타는 고기를 뒤집는 그때, 유정의 입꼬리가 씩 올라갔다.

유정은 지금 살짝 취기가 올라오는 상태였다.

취한 것처럼 행동한 것은 일부러 허점을 보이는 것이었다.

인수도 슬슬 취기가 올라왔다.

보통사람에 비해 알코올을 분해시키는 능력이 높은 상태인 데다가 내공으로 몸 안의 알코올을 태워 증기로 배출할 수도, 서클을 회전시켜 알코올 분해효소를 높일 수도 있었다.

오늘은 취하지 않겠다고 마음먹으면 어떻게든 멀쩡한 상태를 유지할 수가 있는 것이었다.

하지만 그러고 싶지가 않았다.

어느 쪽이든 비겁했으니까.

그것도 여자를 상대로.

"그래도 넌 못 해."

"뭘 못 해?"

"나랑 홀딱 벗고 욕실 못 들어간다고."

"바보. 못 들어가는 게 아니라 안 들어가는 거지. 뭐 볼 게 있다고 들어가냐? 내가 손해인데."

"아 그러셔? 뭐가 그리 잘나서?"

유정의 시선이 인수의 가운데로 향했다.

"어딜 봐? 이거 직장 내 성희롱이야."

"아, 뭐가 그렇게 잘나셨냐고? 그리고 이게 무슨 성희롱이야? 내가 여자로 보이지도 않는다면서?"

"같은 남자끼리도 불쾌함이 느껴지면 성희롱은 인정되거든? 그리고 평생 너한테는 보여 줄 일 없어."

"피, 어쨌든 그게 못 들어가는 거지. 멍청이씨야."

"못 들어가는 게 아니라니까? 안 들어간다고. 내가 왜 너랑 목욕을 해? 뭐 하러? 잘 들어. 넌 그냥 여자 사람이야."

"웃기고 있네. 너도 방금 나 볼 거 없다고 말한 거 그거 명백한 성희롱이거든?"

"친구끼리 뭘."

"그래! 말 잘했네. 친구끼리 거기 가운데 좀 본 게 성희롱이냐? 응? 그게 친구야?"

"와, 저 주둥이."

"너랑 나랑 이성을 떠나 그냥 친구라면 증명을 해 봐. 너는 그 상황 되면 두 눈 딱 감고 못 떠. 왜 그런지 알아?"

"민망하니까 그러겠지. 야, 같은 남자들도 처음 목욕탕 가면 서로 민망해. 뚱뚱해서 민망하고, 작아서 민망하고."

유정이 깔깔깔 소리 내어 웃고 말았다.

"박 검사님, 지금 윤철이 디스하시는 겁니까?"

"서 수사관님은 왜 윤철이라고 생각하시는 겁니까? 지금 뭘 상상하신 겁니까?"

웃음보가 터진 유정은 숨이 넘어갈 지경이었다.

"아…… 배 아파…… 그만해……."

유정이 너무 웃겨서 숨이 넘어갈 듯 웃다가 괴로워했다.

"내가 뭘 어쨌다고."

"근데 윤철이 물건이 그렇게 작아?"

"윤철이 아니라니까."

"맞잖아!"

유정은 여전히 터져 나오는 웃음을 참지 못했다.

"너야말로 지금 윤철이 디스하는 거야?"

"흥, 가위바위보."

죽어라 웃던 유정이 갑자기 돌변해서는 주먹을 내밀고는 가위바위보를 제안했다.

　　"왜?"

　　"가위바위보 지는 사람이 먼저 등 밀어 주기."

　　"그걸 왜 해?"

　　"친구끼리 서로 등도 못 밀어 줘?"

　　"굳이 너랑 그러고 싶진 않은데?"

　　"너어……."

　　"뭐어……."

　　"오늘 내 유혹 버텨 낸다며?"

　　"그러고 있잖아."

　　"그래? 그러면 가자."

　　"어딜 가?"

　　"모텔."

　　"모텔을 왜 가?"

　　"너 유혹하러."

　　"아냐. 그건 아냐. 난 모텔 얘기는 안 했어. 이제 끝. 넌 졌어."

　　"뭐야! 말이 완전 다르잖아!"

　　"뭐가 달라? 난 이빠이 취해도 너한테 넘어갈 일 없다고 말했지?"

　　"지금 넌 취하지도 않았고, 난 이제 시작이야. 어딜 도망쳐?"

"도망은 무슨."

"너 여기서 가면 진 거야. 확실히 해."

"피곤해서 그래. 넌 피곤하지도 않냐? 이제 쓸데없는 짓 그만하고 집에 들어가서 발 씻고 잠이나 자자."

"그러니까, 피곤하니까 빨리 확인해 보자고. 너랑 나랑 모텔에 들어가서 옷을 다 벗고 서로 스스럼없이 등을 밀어 주면 우린 진짜 친구야. 내가 다시는 안 까불게. 결혼할 사람 더 이상 곤란하게 하지도 않을 거야. 됐어?"

"아니, 그걸 왜 그렇게 확인해야 하냐고. 방법이 틀렸잖아."

"됐어. 시끄럽고, 일단 마셔."

유정이 인수의 빈 잔을 또 채웠다.

그리고는 자신의 잔을 채웠다.

"건배."

쨍 소리와 함께 글라스가 깨질 것처럼 부딪쳤다.

인수는 이제 건배라는 말도 하지 않았다.

이거 빼도 박도 못하고 모텔까지 가야 할 판이었다.

"박 검사님 긴장하셨네?"

"긴장은 무슨."

"가자. 시간 낭비하지 말고."

유정이 일어서서 옷을 챙겨 입었다.

"자꾸 어딜 가?"

"너 계속 말 바꿀 거야?"

"무슨 말을 바꿔? 난 모텔 얘기 꺼낸 적도 없는데."

"오늘 담판 짓자며?"

"그랬지. 바로 여기에서."

"아니지. 이게 무슨 유혹이야? 너 대답해 봐. 이게 유혹이야?"

끙…….

인수는 대답하지 못했다.

"일어서."

"내 말은……."

"뭐?"

"우리 둘 다 여기에서 술에 잡혀 먹혀도, 난 너를 책임지고 집에 잘 데려다줄 거라는 그런 말이었어. 우린 친구니까."

"남녀 간에 친구는 없다니까? 난 그걸 너에게 입증하는 중이고."

"여기 있잖아?"

"그래! 네 말대로 여기 있어. 그러면 옷 다 벗고 서로 등 밀어 주는 게 뭐가 문젠데?"

인수는 도저히 말로 안 된다는 사실을 깨달았다.

"알았어. 알았다고. 단 조건이 있어."

"또 뭔 조건?"

"서로 등만 밀어 주는 거다? 딱 거기까지야."

"거기까지지. 그러면 뭐 하자고? 얘 봐라?"

유정이 실실 웃었다.

"너 방금 네 입으로 분명 약속했어! 뭐 그때 가서 유혹 시작도 안 했네, 어쩌고저쩌고하면서 달라붙고 막 까불면 진짜 끝이야. 확 때려 버릴 거야."

"약속."

"진짜 약속했어? 등만 밀어 주고 나오는 거야?"

"그래, 약속. 도대체 몇 번을 말해."

"알았어! 가! 가자! 넌 진짜 약속 지켜라. 약속 안 지키면 책상도 빼야 되는 줄 알아?"

"그래, 약속. 진심 약속."

유정이 웃으며 새끼를 걸어 왔다.

인수가 못마땅한 얼굴로 그 새끼에 자신의 새끼를 걸었다.

"도장, 카피."

"할 건 다 하네."

인수가 빈 소주병을 살피는 그때 유정이 핸드폰을 들어 전원을 켰다.

전화기를 왜 켜나 싶었는데 예약을 하는 것이었다.

하지만 방을 잡기 어려워 보였다.

인수는 속으로 쌤통이라고 생각했다.

그러나…….

"예약 완료! 가자! 전화기 챙겨."

유정이 인수의 핸드폰을 들어 건네주더니, 신나서 앞서 나갔다.

인수는 유정의 뒷모습을 보며 고개를 설레설레 저었다.

'뭔 가시나가 술이 저렇게 센 거야?'

인수가 계산을 하고 나오자, 유정이 연인처럼 팔짱을 끼어 왔다.

"확! 저리 안 가?"

"피이."

"야, 진짜 이건 아니다. 집에나 들어가자."

"뭐야? 또 말 바꾸기야? 예약한 거 몰라?"

"알았어! 가!"

"그래, 가자!"

유정이 인수를 이끌었다.

끌려가는 인수의 마음은 셀 수도 없이 바뀌고 있었다.

이게 뭐 하는 짓이냐는 것보다, 진짜 흔들리고 있기 때문이었다.

"저기다!"

예약한 호텔이 앞에 나타났다.

"호텔이었어?"

"왜? 호텔 싫어?"

"지금 검사가 남들 다 보는데 부하 여직원이랑 호텔 들어가는 게 잘하는 짓이라고 생각해?"

"호텔이나 모텔이나 뭐가 다른데?"

"무인텔!"

"아! 무인텔?"

유정의 표정이 '너도 맘에 있구나?'라며 인수를 놀렸다.

인수는 내가 왜 이러나 싶었다.

"아무 짓도 안 하고 잠시 쉬어 가는 건데 뭐?"

"내가 미쳐. 넌 술을 마시면 취하는 게 아니라 미치는구나? 안 돼. 이건 아니야. 절대로 아니야. 돌아가."

"에이 씨! 진짜!"

"명령이야!"

인수가 선을 긋고는 휙 돌아섰다.

"알았어. 그럼 택시 타."

"어디 가게?"

"남부터미널."

"와……."

"헤헤."

"그래, 가자. 가서 끝장을 보자."

인수가 먼저 택시를 잡아탔다.

유정이 재빨리 뒷좌석에 올라탔다.

그렇게 도착한 남부터미널 인근 모텔.

유정이 민식과 함께 들어간 모텔이었다.

홀러덩, 먼저 옷을 벗어 던진 사람은 인수였다.

"오! 몸 좋네?"

유정이 인수의 상체를 보며 감탄사를 내뱉더니 자신도 옷을 벗어 던졌다.

"넌 그냥 여자 사람이라고 내가 말했지."

인수가 바지까지 벗어 던졌다.

이미 인수는 취했다.

짝짝짝.

유정이 박수를 쳤다.

"와! 이제 우리는 서로 스스럼없이 등도 밀어 주는 친구가 된 거야?"

"두말하면 잔소리지."

"근데 마저 벗어야지."

"너나 벗어."

"흥."

유정도 바지를 벗어 던졌다.

둘 다 속옷만 입은 상태였다.

"들어가. 까짓 거, 이참에 아주 껍질까지 피나게 벗겨 주마."

인수의 말에 유정이 또 빵 터져서 옆구리를 붙잡고 웃기 시작했다.

급기야 웃음을 참지 못해 힘이 빠졌는지, 침대에 쓰러져서 끅끅거릴 정도였다.

"그만 웃고 들어가."

유정이 계속 정신을 못 차리고 웃으니, 인수도 웃기 시작했다.

지금 이게 뭐 하는 짓인지 스스로도 참 어이가 없었다.

"미치겠네."

"아아아…… 나 숨이…… 죽을 거 같아. 너 왜 이렇게 웃겨."

"시끄럽고 빨리 들어가기나 해."

인수는 침대 위로 쓰러진 유정을 내려다보다가 욕실을 향해 눈짓했다.

이제 슬슬 정신이 드니, 빨리 끝내고 싶었다.

등만 밀어 주고 후다닥 빠져나와 약속 지키라며 큰소리를 칠 참이었다.

"안 돼. 다 벗고 들어가야지."

유정이 침대에 누운 채로 브라를 벗는 순간, 인수는 자기도 모르게 고개를 돌리고 말았다.

유정이 피식 웃으며 그 브라를 인수의 얼굴에 내던졌다.

그 브라가 정확하게 인수의 얼굴을 덮는 그때, 유정이 벌떡 일어나 인수의 양 손목을 붙잡아 당겼다.

"……!"

브래지어가 눈앞에서 날아가고, 정신을 차렸을 때는 침대 위였다.

유정이 밑에 깔려 있었다.

"하아."

유정의 입술에서 새어 나온 숨소리가 인수의 입술을 자극했다.

쪽.

입맞춤도 한순간이었다.

깜짝 놀란 인수가 몸을 일으키자, 유정은 그 힘을 이용해 인수의 몸을 돌려 자세를 역전시키더니 재빨리 배 위로 올라탔다.

"너……."

인수는 힘이 쭉 빠지고 말았다.

"왜? 이러면 안 돼? 어머?"

순간 유정은 깜짝 놀랐다.

그와 동시에 인수는 젠장 하며 난감한 표정을 지었다.

아주 단단해진 것이다.

"봐라. 이러고도 친구야?"

유정이 씩 웃으며 물었다.

묶은 머리를 풀더니 인수를 사랑스러운 눈빛으로 내려다보았다.

"후!'

인수는 이제 어쩔 수가 없었다.

서클을 회전시켰다.

우우웅.

"미안해."

"응? 뭐가 미안해? 심장…… 무슨 소리야?"

"슬립."

유정의 눈이 순식간에 풀렸다.

하품을 늘어지게 했다.

"너…… 무슨 짓을 한 거야."

"……."

"씨발…… 지금 무슨 짓을……."

쉽게 걸리지가 않았다.

도대체 이 녀석의 무엇이 마법까지 막아 내는 것일까?

"너…… 너…… 너 이 개자식……."

유정은 욕을 내뱉으며 인수의 가슴 위로 무너져 내렸다.

"나쁜 새끼……."

끝까지 욕이었다.

인수는 유정의 등을 쓰다듬어 준 뒤, 슬쩍 빠져나왔다.

정신이 번쩍 들자, 후회가 막심했다.

처음부터 여지를 주지 말았어야 했거늘.

인수는 유정이 벗어 던진 옷을 하나씩 입혀 주었다.

자신도 옷을 입고는 유정이 깨어날 때까지 기다렸다.

3시간이 지난 뒤, 유정이 번쩍 눈을 떴다.

인수가 유정을 기다린 이유는 기억을 지우기 위해서였다.

과음으로 인해 모텔에서부터 기억을 잃은 상태로 서로의 등을 밀어 주는 조작된 기억을 심으려는 것이었다.

하지만 눈을 뜬 유정은 미동도 없이, 가만히 인수를 노려보기만 할 뿐이었다.

인수도 아무런 말도 할 수가 없었다.

"가. 다시는 귀찮게 안 할게."

언제부턴가 인수에게는 남들에게는 없는 특별한 힘이 존재한다는 것을 짐작하고는 있었다.

유정은 비참했다.

그 힘을 자신에게 사용했다.

자신이 무슨 짓을 해도 인수는 절대로 선을 넘지 않는다는 사실을 깨달은 것이다.

유정이 등을 돌렸다.

인수가 침대 위로 올라와 옆에 누웠다.

유정은 심장이 두근거렸다.

미워하며 거칠게 반항하고 싶었지만, 그럴 이유가 없었다.

"좋은 친구를 잃고 싶지 않아."

인수가 등 뒤에서 안아 주었다.

서로가 따뜻했다.

유정의 두 눈에서 눈물이 주르르 새어 나왔다.

"나 피곤해."

"나도."

두 사람은 깊은 잠에 빠져들었다.

깨어났을 때는 서로를 바라보며 웃었다.

괜찮아?

인수가 눈빛으로 물었다.

응. 친구니까, 괜찮아.

유정이 고양이처럼 인수의 가슴에 얼굴을 파묻었다.

근데 우리 정말 이래도 괜찮은 걸까?

선을 넘은 거 같아 미안해.

유정은 처음으로 세영에게 미안했다.

괜찮아, 친구니까.

인수가 유정의 머리를 쓰다듬어 주었다.

아냐. 나 네가 너무 좋아. 나 어떡해?

유정은 여전히 인수를 포기하지 못한 채 파고들어 왔다.

이렇게 가까이 꼭 안고 있어도 가질 수 없는 이 남자.

유정은 또 다시 울고 말았다.

포기해야 한다는 것을 깨달았기에······.

제42장. 뒤통수 터진 날

트리니티 레볼루션
Trinity
Revolution

제42장. 뒤통수 터진 날

박재영은 범정기획실에서 올라온 보고서를 검토했다.

불에 타 버린 청수원 사건 현장의 미술품이 복제품이라
는 사실을 입증할 수 있는 방법이 없다는 내용이 기록된 보
고서였다.

몇 년 전에도 받아 본 보고서인데, 디지털포렌식센터에
희망을 걸어 보았다.

하지만 혹시나 했던 결과는 역시나 허망했다.

전직 대통령의 딸을 둘러싼 여야의 첨예한 대립 속에서,
청수원 사건은 12월 대선에서 표심의 향배를 결정지을 수
있는 유력한 변수였다.

야권의 단일 후보이자, 여권의 강력한 대통령 후보인

김건창과 라이벌 구도를 이루고 있는 민중당 임태용 후보는 이 사건의 진실이 박재영의 의도대로 밝혀지면 말 그대로 끝장인 상황이었다.

전직 대통령의 딸, 한수영의 자택을 상대로 압수수색이라도 해야 하나?

무리수를 두어서라도 칼을 뽑을 땐 뽑아야만 했다.

하지만 검찰이 진품을 찾아내기 전에 작전이 누설되어 비밀 장소로 옮겨진다든지, 아니면 보관 장소가 예상 밖의 곳이었다면 낭패였다.

한수영은 NS복지문화재단의 돈으로 고가의 미술품을 사들였고, 그것을 청수원에 기증했다.

당연히 공식적인 구매자는 한수영이 아니라 NS복지문화재단 이사장이다.

불에 타 버린 작품들은 진위를 밝힐 수 없을 뿐, 모두 다 가짜다.

하나 증거는 없다. 심증만 있을 뿐이었다.

기증을 하는 과정에서 복제품을 청수원에 걸었고, 진품은 이미 누군가가 개인 소장하고 있는 것이다.

박재영은 그 누군가가 한수영이라고 확신했다.

모두 합쳐 52억 대이며 언제든 현금으로 바꿀 수 있고, 앞으로의 가치는 오르면 올랐지 내려가지는 않을 것이었다.

하지만 검찰의 추적이 시작되며 NS복지문화재단 관련자들이 줄줄이 소환되자 한수영은 돌연 해외로 출국했고, 며칠 뒤 청수원에 화재가 일어나며 집단 사망 사건이 벌어졌다.

목숨을 잃은 사람의 수만 23명.

그중에는 아이들이 많았다.

미술 작품과 함께 사람들까지도 모두 다 불에 타 사라져 버린 것이었다.

한수영이 직접 범행을 저지르지는 않았을 것이다.

누군가가 한수영의 사주를 받고 저질렀든지, 아니면 위기에 몰리자 과잉충성이 만들어 낸 결과일 수도 있었다.

특히 검찰 수사를 받았던 자들 중 한수영의 내연남이자 특별한 직업도 없었던 김영찬이 가장 유력한 용의자였다.

문제는 놈이 자살해 버렸고, 국과수 부검 결과도 자살로 판명된 상태에서 이 모든 정황들을 입증할 수가 없다는 것.

야권은 한수영을 보호하기 급급했고, 여권은 돈을 받아먹은 NS기업이 얽혀 있기에 수사를 하는 시늉만 내고 있을 뿐이었다.

이 진실을 밝혀내면, 대권을 향한 표심의 향배가 결정되는 것과 함께 여권의 발목까지도 붙잡을 수 있었다.

돌고 돌아 정년을 앞두고 겨우 제자리.

검찰총장에 이어 민정수석까지는 가 봐야지 않겠는가?

그렇게 대한민국을 한 손아귀에 통째로 움켜잡고 싶었다.

하지만 뾰족한 수가 없었다.

박재영은 순간 인수의 얼굴이 떠올랐다.

남들에게 없는 특별한 능력이 녀석에게 있는 것이 틀림없었다.

녀석이라면 진품이 보관된 장소를 찾아낼 수 있을 것이라는 확신이 들었다.

그와 동시에 남정우의 얼굴도 떠올랐다.

인수가 모든 것을 보여 주고 있지 않기에, 발목을 붙잡아 완벽하게 통제할 수 있는 길이 필요했다.

박재영은 남정우에게 전화를 걸었다.

[네, 검사장님.]

"박인수. 아직 멀었나?"

남정우의 목소리를 듣는 박재영의 눈빛이 가늘어졌다.

[심증은 가는데 물증이 없습니다.]

"내가 지금 매일 듣는 그따위 말을 들으려고 전화했을까?"

[죄송합니다. 처음부터 방법이 틀린 것 같습니다.]

"무슨 말이야?"

[물증을 찾는 것이 아니라, 물증을 드러내게 하는 것이 옳은 방법이라고 생각합니다.]

"물증을 드러내?"

[박인수 검사가 염력의 소유자라는 사실을 만천하에 드러내는 것에 대해 말씀드리고 있습니다.]

"······!"

박재영의 두 눈이 커졌다가, 씩 웃으며 가늘어졌다.

그 웃음은 비열한 미소로 번지고 있었다.

◇　◆　◇

남정우는 인수의 주변을 맴돌기 시작했다.

동선을 파악하는 중이었다.

어쩔 수 없이 염력을 사용할 수밖에 없는 장면을 연출하기 위해 장소를 물색했고, 단 한 번에 성공을 거두기 위해 세트도 완벽하게 꾸며야만 했다.

어디가 좋을까?

저곳에서 인형을 아이로 위장해 떨어뜨릴까?

아니면 지금 이 밑으로 지나갈 때 머리 위로 위험한 물건을 떨어뜨려 볼까?

연기력이 뛰어난 사람들을 건달들처럼 준비해 지나가는 여자를 괴롭히는 연극을 꾸며 볼까?

트렌치코트에 탐정모를 착용한 남정우는 그렇게 인수의 주변을 맴돌기 시작했다.

마침내 적당한 장소를 찾았다.

"제가 박 검사를 이곳으로 불러내겠습니다."

서울중앙지검 1층의 중앙 출입구였다. 2층 계단 난간에서 내려다보면 그 밑을 지나가는 사람들의 정수리가 훤히 보였다.

"알겠네."

덩달아 박재영도 그 주위를 맴돌았다.

과연 인수가 남정우의 확신처럼 염력을 사용하는 초능력자가 맞긴 할까?

반드시 두 눈으로 확인해야만 했다.

만약 그것이 사실이라면, 남들이 모르는 정보를 얻어 내는 것도 그 초능력 때문이리라.

사사삭.

59세의 그가 젊은 시절 한창 때보다 더 빠른 움직임을 보이며 인수의 뒤를 살피고 있었다.

하지만 대검 중수부장이 서울중앙지검 10층 특수1부에 깜짝 등장을 했으니, 지나가는 후배 검사들이 놀라서 칼처럼 인사를 했다.

"검사장님, 안녕하십니까?"

"그래. 흠흠."

인수를 미행하느라 벽에 등을 붙이고 있던 박재영은 똑바로 서서 인사를 받았다.

인사를 하는 파릇파릇한 젊은 후배들을 보면 자신의 젊은 시절이 생각나 애틋했다.

　그들이 끝까지 변색되지 않고 정의감을 잃지 않으며 불의에 굴하지 않기를 바랐다.

　그것을 위해 앞으로 자신이 할 일은 검찰의 위상을 바로 세워 높이는 것이었다.

　박재영은 젊은 후배들에게는 자상한 아버지처럼 그들이 계속해서 올바른 길을 가기를 바라고 있지만, 정작 자신은 권력욕에 사로잡혀 있다는 사실을 모르고 있는 것이었다.

　검찰은 그 누구의 편도 아닌 오직 검찰의 편이라는 합리화로.

　몸을 숨기기 위해 화장실로 들어온 박재영은 문득 거울을 보았다.

　자신의 움직임이 부자연스럽다는 사실을 깨닫고는 어깨의 힘을 풀었다.

　다시 고개를 내밀어 복도를 보니, 인수가 서류를 싼 보따리를 한 손에 든 채로 누군가와 통화를 하며 자신의 방으로 들어갔다.

　잠시 뒤, 인수가 밖으로 나와 엘리베이터를 향해 걸어오고 있었다.

　박재영은 재빨리 몸을 드러내 엘리베이터 앞에 섰다.

　"검사장님?"

"어? 자넨가."

"연락도 없이 어쩐 일이십니까?"

"개인적인 일이 있어서. 그럼."

"저도 내려갑니다."

박재영이 턱으로 타라고 말했다.

"네."

문이 닫히자, 인수가 1층을 누르며 물었다.

"몇 층 가십니까?"

"나도 1층이야."

"네."

두 사람 다 도착할 때까지 아무 말도 없었다.

땡.

"그럼, 일 보게나."

"네."

먼저 내린 박재영은 뒤에서 따라오는 인수의 보폭에 맞추어 걸었다.

슬쩍 눈을 치켜들어 2층 난간을 올려다보니, 남정우가 난간에 허리를 기댄 채로 무전을 하는 연기를 펼치고 있었다.

남정우도 기회를 엿보기 위해 슬쩍슬쩍 고개를 돌려 밑을 내려다보았다.

'됐어.'

'그래. 지금이야!'

박재영이 지금이라고 마음속으로 외치는 순간, 남정우가 실수를 한 것처럼 무전기를 떨어뜨리며 소리쳤다.

"아이쿠, 어어어!"

무전기는 인수의 정수리를 향해 떨어지고 있었다.

나란히 걷던 두 사람 다 동시에 고개를 들어 올렸다.

"피해!"

내가 왜 그랬을까?

나도 모르는 타인을 향한 보호 본능이 나에게 있었던 걸까?

몸을 날리는 박재영의 마음이었다.

박재영이 몸을 날려 인수를 밀쳐내는 순간, 떨어지는 무전기에 뒤통수를 강타당했다.

빠악!

"검사장님!"

벌떡 일어선 박재영은 휘청거렸다.

머리가 터져 피를 철철 흘렸다.

"크으윽!"

너무 아팠다.

정신을 차릴 수가 없을 정도로 아파서 다시 고꾸라졌다.

그렇게 고꾸라진 채로 몸을 일으킬 수가 없었다.

"여기 119! 119 불러요!"

인수가 박재영을 안고 소리쳤다.

두 사람 다 온몸이 흘러내린 피에 범벅되었다.

방호원들이 달려왔다.

응급조치통도 들고서 달려와 솜뭉치로 피를 닦고 머리에 붕대를 감았다.

"괜찮아! 나 괜찮아!"

"검사장님! 괜찮으십니까?"

"그래. 괜찮아! 호들갑들 떨지 마."

인수가 옆에 떨어져 있는 무전기를 집어 들어 박재영에게 보여 주며 말했다.

"이 무전기에 머리를 얻어맞으셨습니다!"

"괜찮대도."

"누구야? 도대체 어떤 놈이야?"

인수가 무전기를 꽉 쥐고는 벌떡 일어나 2층을 올려다보며 소리쳤다.

"누가 이런 짓을 한 거야?"

방호원들도 소리쳤다.

"검사장님! 이게 대체 무슨 일입니까?"

깜짝 놀라서 달려온 검사들도 2층을 올려다보며 소리쳤다.

때마침 검사를 꿈꾸는 고등학생들이 단체 견학을 와서 이곳저곳을 둘러보다가 엄청난 광경을 목격하고는 사진을 찍어 댔다.

남정우는 멍한 표정으로 밑을 내려다보고 있었다.

박재영 저 양반 왜 저런 거야? 미친 거야?

실수로 떨어뜨렸다는 핑계조차 대지도 못했다.

"저놈입니다! 저놈이 이 흉악한 무전기를 검사장님께 던진 게 틀림없습니다!"

인수가 손가락을 세워 남정우를 가리키며 소리쳤다.

남정우는 양손을 저었다. 그게 아니라고…….

"아니…… 그게……."

"잡아! 저놈 잡아!"

밑에서 다들 소리쳤다.

"너 이놈! 거기 꼼짝 말고 있어!"

방호원들이 급히 뛰어 올라갔고, 검사장에게 충성스러운 모습을 보여 주려는 검사들도 마구잡이로 뛰어 올라갔다.

남정우가 붙잡혀 내려왔다.

검사들의 추궁이 시작되었다.

"실수입니다! 실수!"

"실수? 당신 도대체 누구야? 도대체 누구 지시 받고 이런 거야?"

"그건 거 아닙니다! 죄송합니다! 정말 실수로 떨어뜨렸습니다!"

"그 입 닥쳐! 네 이놈! 네놈이 지금 무슨 짓을 한지 알아?

이분이 누군지 아냐고! 이건 테러야!'

검사들이 소리치는 가운데 박재영이 나섰다.

"조용. 다들 조용."

검사들이 뒤를 돌아보니, 붕대를 감았음에도 피를 흘러내리고 있는 박재영의 모습이 보였다.

"검사장님! 어서 병원으로!"

"괜찮아. 자네 정말 실수야?"

박재영은 사태를 조용히 수습해야만 했다.

"죄송합니다. 면목이 없습니다."

"검사장님!"

"아냐. 됐어. 이 친구 수상한 자 아니야. 내가 알아. 그만 가 봐."

"이자가 누군데요?"

"광수대 남정우 형사입니다. 지금은 대검 디지털포센식 센터에서 근무 중입니다. 죄송합니다."

"미친 인간 같으니라고!"

"그만해. 됐어."

삐뽀삐뽀.

그때 출입구 앞에 구급차가 도착했다.

"검사장님! 어서 이쪽으로!"

어느새 구름처럼 모여든 검사들이 박재영을 구급차로 안내했다.

박재영은 구급차에 오르며 다시 한 번 부탁 아닌 부탁을 해야만 했다.

"이 친구 그냥 돌려보내. 붙잡아 놓고 조사고 뭐고 할 필요도 없어. 내 말 알아들어? 사람이 살다 보면 실수도 할 수 있고 그런 거지."

"네!"

박재영은 병원으로 후송되었다.

하지만 검사들은 남정우를 곱게 돌려보낼 생각이 없었다.

혼쭐을 내야 한다며, 광수대장부터 호출해 최소한의 징계 절차를 밟아 나갔다.

기자들이 발 빠르게 움직였다.

2층 난간에서 무전기가 떨어지자, 아들 같은 후배 검사를 살리고자 몸을 날려 희생한 검사장의 무용담이 실시간 검색어 1위를 차지했다.

당시 견학을 왔던 학생들이 직접 목격했다며 '대검 중수부장님 최고입니다!' 라고 댓글을 달아 주었다.

-연배를 떠난 검사들의 의리! 보호 본능! 저는 그만 눈물이 났습니다. 저도 꼭 검사가 되고 싶습니다.

-대한민국 검사란 바로 이런 것이었습니다.

-이것저것 해 보고 싶은 것이 많은 제가 비로소 하나의 꿈을 정한 날이었습니다. 저는 박재영 검사장님과 같은

검사가 될 것입니다.

박재영은 병원침대에 누워 댓글을 보다가, 상처에 통증이 밀려오자 인상을 찌푸렸다.

내가 왜 그랬을까.

"난 어쩔 수 없나 보군."

박재영이 창밖을 보며 혼자 중얼거렸다.

◇ ◆ ◇

인수가 문을 열자마자 구수한 냄새가 코를 자극했다. 이 냄새는 세영만이 끓일 수 있는 미소된장국 냄새였다.

청소를 마친 세영이 저녁을 차려 놓고 인수를 기다리는 중이었다.

피에 젖은 옷을 갈아입었을 때, 유정과 홍 주임이 깜짝 놀라 서로 빨아 주겠다고 나섰다.

인수는 빨아 줄 사람이 있다며 그 옷을 집으로 챙겨 왔다.

"어머! 무슨 일이야?"

피가 잔뜩 묻은 옷을 쇼핑백에서 꺼내어 보여 주자 세영이 깜짝 놀랐다.

"2층 난간에서 어떤 미친 작자가 무전기를 떨어뜨려서 큰일 날 뻔했어."

"누가? 그 사람은 도대체 뭔 생각으로 그런 거야?"

"형사라는데…… 뭐 자기 말은 무전을 하다가 실수로 떨어뜨렸다는데."

"세상에나…… 그런 실수를 하면 어떡해?"

"그 무전기가 내 머리로 떨어졌는데, 우리 중수부장님께서 '피해!' 하면서 날 밀치고는 여기 뒤통수를 제대로 얻어맞으셨어."

"세상에!"

"대단한 분이신 거 같아. 안 그랬으면 나 죽었을지도 몰라. 나 좀 씻고 나올게. 아 참, 와이셔츠는 찬물에 담갔다가 빨아야 돼?"

"응, 알아. 양복은 세탁소에 맡길게."

"그래."

샤워를 하고 나온 인수는 엄살을 피웠다.

"나 너무 놀랐어."

"진짜 엄청 놀랐겠다."

"아, 나 너무 피곤해."

소파에 나란히 앉은 인수는 그대로 누워 세영의 허벅지에 머리를 파묻었다.

"다친 데 없어?"

세영이 인수의 머리 구석구석을 살펴보았다.

인수는 기분이 좋아졌다.

마음이 너무 편해졌다.

"여기. 여기를 다쳤어."

인수가 자신의 심장을 가리켰다.

"피."

"아, 정말."

"오구오구. 여기를 다쳤어요?"

"나 수액 좀 맞아야 돼."

"적당히 하시고 식사하세요."

"아 좀만 더."

인수의 손이 엉큼한 손이 되어 버렸다.

세영의 엉덩이로 은근슬쩍 파고들어 갔다.

"또! 또!"

"뭐가."

"이 손은 이런 거만 좋아해. 못됐어."

"내 인생은 오직 너를 위해서만이야."

"치, 거짓말. 앞으로 꿈이 거창하면서."

"나머지는 다 덤으로 얻는 것일 뿐, 난 오직 너를 위해 살
아."

인수가 이렇게 말을 해 올 때면 세영은 혼란스러웠다.

이렇게 대단한 남자가 내가 뭐라고.

"내가 뭐라고."

"뭐긴. 인간 박인수가 가장 사랑하는 내 사랑 내 여보지."

세영은 말없이 인수의 머리칼을 쓰다듬어 주었다.

"식사하세요."

"뽀뽀."

쪽.

"한 번 더."

쪽쪽.

"한 번 더."

"아우, 정말."

"알았어. 하하. 밥 먹자. 너도 배고프겠다."

인수는 식탁에 앉아 세영이 준비해 둔 반찬을 둘러보며 감탄했다.

"와. 포항초다. 나 이거 좋아하는 거 어떻게 알았어? 한 번도 말 안 한 거 같은데?"

"저번에 식당에서 말했으면서."

"그랬나? 이건 갑오징어! 소주 한잔해야겠는데?"

"비싸더라."

세영이 몸을 숙이며 인상을 찡그렸다.

인수는 그 표정이 귀여워 미칠 지경이었다.

"내 재력을 잘 알 텐데."

그동안 불려 온 인수의 재산은 본인 예금 49억에 김선숙의 예금으로 133억.

주식과 부동산까지 합치면 4백억이 넘었다.

인수의 월급 통장을 관리해 오던 세영은 어느 날 인수가 맡긴 또 다른 예금통장을 보고는 깜짝 놀랐다.

자신을 만났던 고등학생 시절부터 꾸준히 굴려 불린 돈이라니 더욱 더 놀라웠다.

그때도 인수는 말했다.

내 인생은 오직 너를 위한 것이라고. 이 돈도 덤일 뿐이라고.

"그래도 아껴 써야지."

"역시. 내 여보야. 음, 맛있어!"

인수는 허겁지겁 밥을 먹기 시작했다.

"안 먹어?"

정신없이 먹다 보니, 세영이 수저를 들지도 않고 있어 물었다.

"맛있어?"

"응. 최고!"

세영은 자신이 준비한 음식을 맛있게 먹어 주는 인수가 너무나도 고마웠다.

"설거지는 같이 하자."

"아냐. 피곤한데 쉬어."

"너도 일하느라 피곤하잖아."

"도와주면 고맙고."

"그래."

식사를 하고 둘이 나란히 서서 설거지를 시작했다.

신나는 음악도 틀었다.

인수가 엉덩이로 세영의 엉덩이를 박자에 맞추어 건드리며 장난쳤다.

그렇게 웃으며 설거지를 하고 있던 그때.

띠띠띠.

김선숙이 현관문의 잠금장치를 열고 들어왔다.

물소리와 음악 소리로 인해 듣지 못했다.

"잘한다."

뒤를 돌아본 세영이 화들짝 놀랐다.

인수가 물을 잠갔다.

"어머니…… 오셨어요?"

결혼도 하기 전에 남편 될 사람을 부려먹는 걸 보니 우화가 치밀었다.

난 내 남편 결혼해서 이날 이때까지 주방에서 손에 물 한 번 적시게 한 적이 없다고 말하고 싶었지만, 꾹 참았다.

지금도 세영이 집에 찾아오면 넌 손님이라며 주방일을 단 한 번도 시키지 않았었다.

김선숙은 머릿속에서 이런 말들이 계속 메아리쳤지만 꾹 눌러 참았다.

인수에게 엄마도 잘하겠다고 약속했기 때문이었다.

"아빠는? 혼자 왔어?"

"회식이라 안 허냐."

"근데 엄마 왜 왔어?"

"……."

세영이 팔꿈치로 인수의 옆구리를 찔렀다.

"어째? 어메가 아들 집에 오믄 안 된다냐?"

"안 되긴? 돼. 근데 연락을 하고 오지는."

'오메 저 총찬한 놈. 가시나한테 푹 빠져 부렀네.'

"어머니, 식사하셨어요?"

"응. 대충 먹었다."

김선숙은 소파에 앉았다.

"과일 드릴까요?"

"아니다. 시방 자식 놈이 하도 연락이 없어서 뭔 일 생겨 부렀다냐 하고 왔는디……."

김선숙은 자기가 말하고도 분위기가 썰렁해서 소파에서 몸을 일으켜 세웠다.

집 안 곳곳을 돌아보면 여자 쪽에서 혼수를 준비해 올 것이 하나도 없는 것도 문제였다.

마담뚜들이 하는 말을 들어 보면, 판검사들의 신부는 결혼 지참금으로 최소 10억을 준비한다는데.

김선숙이 그 돈을 욕심을 내서가 아니었다.

상류층을 향해 올라갈수록 그 노는 물이 다 그런 말들을 하기 때문에 자연스레 휩쓸리는 것이었다.

"엄마 갈란다."

김선숙은 보조주방을 둘러보며 말했다.

그러다가 피가 묻은 양복과 찬물에 담가 둔 와이셔츠를
보고는 깜짝 놀랐다.

"오메! 이거시 다 뭐시다냐? 너 이라고도 썽썽하냐?"

인수는 급 피곤해지기 시작했다.

세영에게는 어린양을 피우며 말했던 사연을 이제는 엄마
에게 처음부터 다시 설명해야만 했다.

그래도 세영의 입장에서는 다행이었다.

어머니께서 소외감에서 벗어나셨는지 우울하셨던 표정
이 밝아지신 것 같아서.

◇　◆　◇

세영을 집에 데려다주는 길.

인수는 윤철의 전화를 받았다.

[한수영 움직였어.]

"알았어."

인수의 표정이 굳어지자, 세영은 걱정스러웠다.

"무슨 일……."

"응? 아니야."

인수가 활짝 웃었지만, 세영을 집 앞에 내려 주고는 급히 차를 돌렸다.

홀로 서 있는 세영에게 바람이 횡 하고 불어왔다.

끼익!

저만큼 가던 인수의 차가 갑자기 멈추어 섰다.

문이 열렸고, 인수가 달려왔다.

따뜻한 양손이 세영의 볼을 감쌌다.

쪽.

"연락할게. 아버님 어머님께 죄송하다고 전해 줘."

"괜찮아. 빨리 가 봐."

"응."

세영은 손을 흔들며 자동차가 눈앞에서 사라질 때까지
서 있었다.

또 다시 바람이 불어왔다.

여름을 알리는 더운 바람이었다.

"어디야?"

[NS호텔 부타바.]

"그 내연남과 약속됐나?"

[아니야. 아직까지도 서로 문자 한 통 주고받지 않고 있어.]

"알았어."

부아아앙!

인수의 자동차가 속력을 냈다.

◇ ◆ ◇

NS호텔 부타바.

인수는 실내로 들어서며 서클을 회전시켰다.

화이트존이 뻗어 나가며 각 룸을 투시하듯 확인했고, 이내 한수영이 있는 룸을 찾아냈다.

인수를 안내하기 위해 정장을 입은 여자실장이 인사를 하며 앞으로 다가왔다.

인수는 화이트존을 회수하며 여자실장을 감쌌다.

'그 누구도 들여보내지 마.'

인수는 실장의 머릿속을 통해 한수영의 목소리를 들었다.

"안녕하세요?"

"네, 수고하십니다."

인수가 활짝 웃으며 나지막한 목소리로 주문을 외웠다.

참퍼슨.

순간, 실장의 두 눈이 커졌다.

상대방을 매혹시키는 마법이었다.

"4번 룸으로 안내해 줘."

"네, 손님."

매혹당한 순간에 일어난 일은 전혀 기억하지 못했다.

실장이 문을 열며 인수를 안으로 안내했다.

"관장님? 손님 오셨습니다."

"뭐?"

한수영이 깜짝 놀라 고개를 들어 올렸다.

"즐거운 시간 보내십쇼."

실장은 인수를 안내하고는 밖에서 문을 닫았다.

"저 미친…… 야! 지금 뭐 하자는 거야?"

한수영이 실장에게 따지려고 몸을 일으켜 세워 달려왔다.

"앉으세요."

인수가 한수영의 어깨를 붙잡아 세웠다.

"너 뭐야? 이거 못 봐?"

"일단 진정하시고 앉으시죠?"

"너 뭐냐고?"

"검사입니다."

"검사? 흥! 대가리에 피도 안 마른 게. 너 내가 누군지 몰라?"

"당신이 한 짓이 아니라는 것도 잘 알고 있어. 그러니까 지금부터 닥치고 내 말 똑똑히 들어."

"……!"

"당신은 살인범도 아니고 살인을 사주하지도 않았으며 그 살인의 공범도 아니야. 물론 잘 알고 있겠지만, 김영찬이 모든 것을 떠안고 사라졌다고 해서 끝난 게 아니야.

국민은 알아야 해. 도를 넘어선 미술품 횡령에 대한 대가와 그로 인해 발생한 참혹한 사건에 대한 책임은 분명 져야 해. 그 아이들과 부모들, 당신의 욕심이 아니었으면 그런 일은 절대로 발생하지 않았을 테니까."

한수영은 벌벌 떨며 주저앉기 시작했다.

"내 잘못이 아니야! 내 잘못이 아니라고!"

자신의 머리를 쥐어뜯으며 괴로워하는 한수영은 이미 정상적인 상태가 아니었다.

"깔깔깔깔!"

한수영이 벌떡 일어서서 인수를 향해 손가락을 가리키더니 미친 여자처럼 웃었다.

"아무도 날 못 건드려! 네가 뭔데 감히 나에게 책임을 물어?"

"정신 못 차리네."

인수는 한숨을 내쉬며 소파에 몸을 눕혔다.

"지금부터 많이 힘들 거야. 하지만 감당해야 해. 당신이 저지른 죄, 세상에 밝혀야지."

한수영이 인수를 향해 멍한 표정으로 다가왔다.

다리가 풀려 휘청거렸다.

울어서 마스카라가 번졌는지 시커먼 눈물이 뺨을 타고 흘렀다.

우우웅.

인수는 신곡 마법을 펼쳤다.

"기만자여, 사기꾼이여. 허영심으로 가득한 네가 가야 할 지옥은 8계단."

일명 말레볼제.

한수영이 서 있는 바닥이 꺼지며 지옥으로 떨어져 내렸다.

"꺄아악!"

현실은 1분.

신곡의 지옥은 365일.

녹슨 철벽과도 같은 돌담의 통로에 홀로 갇힌 한수영은 시커먼 하늘을 올려다보았다.

쿠르릉, 쾅!

천둥소리와 함께 유리에 금이 가는 것처럼 번개가 사방으로 퍼졌다.

그 사이로 나타난 숫자.

001.

하루가 시작되었다.

돌담에서 마귀들이 그림자처럼 빠져나왔다.

킬킬킬.

"ㅇㅇㅇ……."

마귀들을 발견한 한수영의 턱이 덜덜덜 떨렸다.

모습을 드러낸 마귀들은 한수영의 주변을 자유롭게 비상

한 뒤 빠른 속도로 내려와 공격하기 시작했다.

"살려 줘!"

마귀들의 공격에 옷이 모두 찢겨져 벌거숭이가 된 한수영은 통로를 따라 달리기 시작했다.

끝이 없는 통로였다.

살아생전 이렇게 살기 위해 전력질주를 해 본 적이 단 한 번도 없었던 한수영이었다.

"아빠! 살려 줘!"

대통령이었던 아버지의 도움으로 보호를 받으며 숨어 지냈던 한수영은 살기 위해 달려야만 했다.

지쳐서 자빠지면 마귀들이 공격해 다시 달릴 수밖에 없었다.

한참을 달리던 한수영은 앞을 가로막고 있는 구덩이 앞에서 멈추어 섰다.

지독한 악취가 코를 마비시켰다.

내연관계였던 김영찬이 그 구덩이에 빠진 상태로 고통에 몸부림치고 있었다.

자신에게 아첨해 왔던 검사들과 정치인들, 그리고 NS복지문화재단 사람들도 그 구덩이에 빠져 있었다.

구덩이 속은 그들의 배설물로 가득 찬 상태였다.

한수영은 그들이 배설물 속에서 괴로워하는 모습을 보며 절망했다.

특히 김영찬이 이 지옥에서 벌을 받고 있다는 사실에 충격을 받았다.

그 누구도 자신을 구원해 줄 수가 없었다.

"내가 잘못했어! 제발! 제발 살려 줘!"

킬킬킬.

공중을 배회하던 마귀들이 다시 수직으로 하강했다.

"꺄악!"

한수영은 벌거벗은 상태로 달려야만 했다.

그렇게 1년 365일을 달렸다.

인수는 소파에 앉은 상태로 시계를 보았다.

1분이 지났다.

한수영이 현실 세계로 되돌아왔다.

"……?"

몸을 일으키던 한수영은 엉덩방아를 찧고 말았다.

인수가 손을 내밀었다.

"일어나요."

"당신…… 무슨 짓을 한 거야? 우, 우웩!"

말을 끝낸 한수영은 속의 것을 모두 토하고 말았다.

"다, 당신…… 누구야?"

"내가 누군지가 중요한 게 아닙니다. 그 지옥으로 다시 돌아가고 싶나요?"

"아니요! 아닙니다!"

한수영이 재빨리 일어나 무릎을 꿇었다.

자신이 쏟아 낸 오물에 치마와 다리가 더럽혀져도 상관
없었다.

"그동안 권력을 남용해 당신을 비호해 주었던 아버지를 비
롯해 관계된 모든 사람들은 응당한 처벌을 받아야 합니다. 그
길이 억울하게 희생당한 사람들에 대한 속죄의 길입니다."

"제가 어떻게 하면 되나요? 전 길을 모르겠어요. 제발 알
려 주세요!"

한수영은 두 뺨에 뜨거운 눈물을 흘리며 소리쳤다.

인수가 그 길을 제시해 주었다.

한수영은 연신 고개를 주억거렸다.

"혹시나 노파심에 하는 말인데."

"네?"

"마음이 바뀌면 본인만 힘들어집니다. 다시 그 지옥에 떨
어질 테니까요."

"아니요. 결심이 섰습니다. 그동안…… 저…… 너무 힘들
었습니다."

인수는 한수영이 흘리는 참회의 눈물을 보았다.

호텔을 빠져나온 인수는 윤철에게 전화를 걸었다.

"저번에 부탁한 성호저축은행 명단, 준비 됐나?"

[옛설! 치설, 마데카설, 파라설, 바람이 솔솔, 도레미파
솔……]

"시끄러."

[……]

◇ ◆ ◇

논현동.

한수영은 샤워를 하고 나와 전화기를 들고는 창문 앞에
섰다.

한동안 창밖의 풍경을 바라보던 한수영은 결심이 선 듯
누군가에게 전화를 걸었다.

[여보세요?]

"……국장님, 안녕하세요? 저…… 한수영입니다."

[……!]

청수원 사건이 벌어지기 전, 한수영은 아버지의 대통령
재임 중 엠비엠이 주최한 간담회에 참석해 언론인들과 만
남을 가졌던 것을 기억했다.

당시에 총명했으며, 대통령을 향해 날카로운 질문을 서
슴지 않고 던졌던 젊은 기자들은 지금 요직에 올라 있었다.

한수영은 그중 나이를 조금 먹은 한 여기자를 기억했다.
그녀라면 믿을 만했다.

지금은 편집국장으로 있는 그녀.

한수영은 엠비엠의 서주은에게 전화를 건 것이다.

◇ ◆ ◇

　서주은 편집국장이 한수영의 전화를 받기 전, 보도국장 고영욱은 그녀의 앞에서 태블릿PC를 입에 문 채로 두 손을 번쩍 들고 있었다.

　자신의 허락도 없이 청와대의 홍보성 보도에 개입해 뉴스를 터트린 것에 대한 벌을 받고 있는 것이었다.

　"국민들을 위한 청와대의 다양한 노력들? 나 참."

　"왈왈, 얼버버불부붑(누나 그것이 딱히 어떤 대가를 바라고 그런 것이 아니고)"

　"입 닥쳐! 이해할 수가 없는 노력이다, 이 자식아! 팔 귀에 똑바로 안 붙여?"

　다른 방송국에서는 상상도 못할 일이 벌어지고 있었다.

　고영욱은 서주은의 한참 후배인 데다가, 현장기자로 활동할 때부터 서주은의 심부름꾼이자 화풀이 대상에 술친구이기도 했다.

　"너 청와대 홍보수석한테 술 얻어먹었지?"

　"알녀여(아니요!)"

　태블릿PC를 입에 물고 있어서 발음이 어눌했지만, 그 발음을 서주은은 다 알아들었다.

　"아니긴 뭐가 아니야! 너 이실직고할 때까지 그러고 있어."

"와닐릴라 딘돠!(아니라고 진짜!)"

"됐어요. 그렇게 계속 정권에 협조하세요. 내가 널 그렇게 키웠냐?"

그때 책상 위 전화기가 울렸다.

서주은과 고영욱은 동시에 보았다.

액정화면에 떠오른 이름.

-청수원 집단 방화 살인범-

고영욱이 입에서 태블릿PC를 빼 들고 소리쳤다.

"한수영!"

"쉿!"

서주은이 전화를 받았다.

"여보세요?"

[……국장님. 안녕하세요? 저…… 한수영입니다.]

"……!"

[청수원 사건과 관련하여 제가 알고 있는 모든 진실을 밝히고 싶습니다.]

◇ ◆ ◇

"김 기자! 서둘러! 빨리 서둘러! 박 감독은 어디 갔어?"

엠비엠 보도국장 고영욱은 전화기를 귀에 댄 상태로 복도를 내달렸다.

그야말로 방송국 안을 종횡무진했다.

"화장실……."

복도에서 보도국장을 만난 김 기자가 손가락으로 화장실을 가리켰다.

고영욱은 화장실까지 쳐들어가서 문을 손바닥으로 치며 소리쳤다.

"박 감독! 당장 논현동 사택 생방 준비해!"

"에에?"

"어서!"

"알겠습니다!"

한수영의 전화 한 통으로 엠비엠에 한바탕 소란이 일어났다.

그와 동시에 정보가 새어 나가고 있었다.

그렇게 공식 기자회견이 열렸다.

장소는 한수영의 논현동 사택 지하실, 미술품들로 가득 찬 공간이었다.

층이 높은 지하실에는 청수원 화재 사건으로 소실된 미술품들이 그대로 걸려 있었다.

모두 진품이었다.

공식 기자회견은 생중계되었다.

엠비엠의 아나운서가 진행을 맡았다.

논현동 사택 일대는 경찰과 사설 경비업체의 출동으로

경비가 삼엄했다.

진행자가 나서서 기자들의 입장부터 시작해 상황을 조율해 나갔다.

사전에 내부 고발자가 발생하면 공식 기자회견이 가로막힐 수가 있으니, 철저하게 외부 사람들로 준비시켰다.

그러니 이 소식을 뒤늦게 접한 한 전 대통령이 사람을 부려 논현동으로 보냈지만 이미 늦었다.

기자회견이 시작되기 전, 한수영은 계속해서 울리는 핸드폰의 액정화면을 보았다.

-아빠-

한수영은 전화를 받았다.

"아빠."

[수영아! 너 도대체 왜 이러는 거냐?]

"진실을 밝혀야죠."

[진실? 무슨 진실?]

"제 욕심 때문에 23명의 무고한 사람들이 죽었어요. 아이들만 17명이고요."

[네가 죽인 게 아니잖아! 검찰에서도 사고로 케이스 종결했고! 이미 다 끝난 일인데 왜? 도대체 왜 이제 와서? 이 애비가 그 사건 덮으려고 얼마나 노력했는데 도대체 왜! 왜! 왜!]

"아빠, 제가 어렸을 때 아빠가 알려 주셨어요. 실수를 바로잡는 과정은 용기가 필요한 부분이다. 잘못한 게 있으면 사실대로 말하고, 그에 따른 책임을 져야한다. 그래야 똑같은 실수를 저지르지 않으니까. 사람은 누구나 다 실수를 하니까."

한수영의 목소리가 흔들렸다.

[수영아! 너 그러면 안 돼! 지금 얼마나 많은 사람들이 너 하나를 위해서……]

"아빠…… 모두를 위해 내린 결정이에요. 저 이제 들어가요. 용기를 주세요."

울컥하며 눈물이 쏟아지려는 것을 겨우 참은 한수영이 전화를 끊고는 지하실로 향했다.

번쩍!

셔터가 눌러지는 소리와 함께 카메라 플래시가 사방에서 터지며 번쩍거렸다.

발 디딜 틈 없이 몰려든 기자들은 화장기가 하나도 없는, 초췌해 보이는 한수영을 상대로 질문 공세를 펼치기 시작했다.

한수영은 누구의 질문부터 대답해야 할지 난감했다.

진행자가 나섰다.

"시간을 충분히 드리겠습니다. 앞에서부터 오른쪽으로 질문해 주시기 바랍니다."

그때 한수영이 입을 열었다.

"저는 지금 이 자리에서 모든 진실을 밝히겠습니다."

일순간 실내가 조용해졌다.

"큐비씨 조용철 기자입니다. 어젯밤 잠은 잘 주무셨는지요?"

기자들은 노련하게 기자회견을 풀어 나갔다.

"네. 몇 번 깨긴 했지만, 평소보다 잘 잔 것 같습니다."

"평소라면 청수원 사건 이후를 말씀하시는 것 맞습니까?"

"네, 그렇습니다."

"알겠습니다."

"유투유 서용환 기자입니다. 지금 여기 모두가 보고 있는 미술품들, 모두 진품입니까?"

"맞습니다. 모두 진품입니다. 진위를 위한 감정이 필요하시다면 감정 의뢰하겠습니다. 참고로 청수원에 걸었다가 화재로 소실된 작품은 여기 있는 진품을 모조한 모조품들입니다."

"NS복지문화재단에서 기증을 위한 명목으로 구입한 미술품인데, 이 작품들을 개인 소장하고 있다면 이건 명백한 횡령이네요?"

"맞습니다. 횡령입니다."

"이런 식으로 횡령한 작품이 여기 말고 또 있습니까?"

"아닙니다. 저는 이곳이 전부입니다."

"NS복지문화재단 이사장도 같은 수법으로 빼돌린 작품들이 있을 수가 있다는 말로 들립니다만, 그렇게 해석해도 되겠습니까?"

"그 부분에 대해서는 제가 정확하게 알지 못하고 있습니다. 죄송합니다."

"알겠습니다."

한수영은 NS복지문화재단 이사장과 함께 미술품 횡령에 관한 모든 것과 청수원 화재 사건이 미술품 횡령을 덮기 위해 계획된 방화이며 그로 인한 살인 사건임을 인정했다.

검찰의 추적이 시작될 때 전전긍긍하는 모습을 보이자 내연 관계에 있던 김영찬이 일을 저지른 것이었다.

그렇게 기자회견이 진행되고 있는데, 사설 경호업체 사람들 수십 명이 쇠파이프와 망치를 들고서 강제로 치고 들어왔다.

한 전 대통령을 비롯해 발등에 불이 떨어진 자들은 일단은 기자회견 장소를 와해시키고 봐야했다.

고용된 깡패들을 막기 위해 기자들이 들고 일어섰고, 한바탕 몸싸움이 일어난 것도 모자라 집단 난투극에 이어 사람들이 크게 다치는 유혈 사태로까지 번졌다.

곧 전투 경찰들이 밀고 들어와 사태를 진압했다.

고용된 깡패들은 도망쳤는데, 신기할 정도로 감쪽같이 자취를 감추었다.

기자회견은 엉망이 되어 버렸다.

한수영은 청수원 사건에 대한 진실을 다 밝히지도 못했다.

1차로 깡패를 보내고, 2차로 검사들과 형사들을 보낸 NS복지문화재단 이사장은 그녀를 그 자리에서 무조건 끌고 나오라고 지시했다.

형사들은 그녀를 연행하기 위해 들어와 미란다의 원칙을 말했다.

한수영은 두 손을 앞으로 내밀어야만 했다.

그녀의 손에 수갑이 채워졌다.

경찰에 연행되는 과정에서도 기자들의 질문은 계속되었다.

"김영찬에게 사주한 뒤 23명을 모두 살해한 거 아닙니까? 지금 그 사실을 덮기 위해 쇼를 하고 있고요!"

한수영은 이제 더 이상 대답하지 못했다.

"비켜!"

경찰들이 한수영을 연행해 지하실을 빠져나가며 기자들을 향해 소리쳤다.

"NS복지문화재단 이사장의 개입은 어디까지입니까? 어떤 거래가 있었습니까?"

"한 전 대통령은 어디까지 알고 있습니까?"

"청수원 모조품을 그린 작가의 실명과 작품당 거래 액수도 밝혀 주십시오!"

끝나지 않는 기자들의 질문과 함께 카메라 플래시 또한 계속 터졌다.

◇ ◆ ◇

오산병원.

머리에 붕대를 칭칭 감아 맨 박재영이 보던 신문을 구기 다가 제 성질을 못 이기고는 갈기갈기 찢기 시작했다.

"검사장님! 진정하십시오!"

"진정? 내가 지금 진정하게 생겼어? 다들 뭐 하고 있었던 거야? 응?"

하얀 붕대에 피가 찔끔 묻어났다.

"피……!"

대검 고위 관계자들과 서울중앙지검 차관들까지 다 집합 해 있었다.

"지금 이깟 피가 문제야? 일이 이 지경이 되도록 어떻게 내가 모를 수가 있어? 다들 입이 있으면 말해 봐!"

모두 다 꿀 먹은 벙어리처럼 입을 꾹 다물고 있을 뿐이었 다.

"이래서 우리 검찰이 뭘 가지고 가겠어? 관련자들 죄다 줄 소환해! 한 전 대통령이고 나발이고 야당 의원들, 총장 이랑 민정수석까지 그동안 한수영이 뒤 봐주었던 놈들……

여기에도 있지? 너 그리고 너! 네놈들도 다 옷 벗을 각오해!
철저하게 수사해서 국민들 앞에 낱낱이 밝히라고!"

"알겠습니다!"

"다들 꼴도 보기 싫으니까 나가!"

"그럼, 편히 쉬십시오!"

병실을 빠져나간 검찰 고위 관계자들은 서로 앞다투어
여기저기 전화를 걸어 대기 시작했다.

발등에 불이 떨어진 것이다.

박재영은 뒷목을 붙잡으며 침대에 쓰러졌다.

베개에 피가 묻어났다.

뒤통수 제대로 깨진 날이었다.

살짝 잠이 들었나 싶었는데, 법무부 장관부터 시작해 민
정수석과 검찰총장까지 차례대로 전화를 걸어왔다.

모두 같은 말을 하고 전화를 끊었다.

일단 자리에서 물러나는 게 좋을 것 같다.

"변호사 사무실 개업이라……."

박재영의 표정은 무덤덤할 뿐이었다.

◇ ◆ ◇

그로부터 몇 달 뒤, 청와대 대통령실.

이규환 대통령의 호출에 검찰총장과 민정수석이 한걸음에

달려왔다.

"특검은 어떻게 진행되고 있습니까?"

"여야 의원들이 박재영 전 중수부장을 포함해 5명을 올리고 있습니다."

"박 검……."

"지금은 변호사입니다. 상황이 상황인지라 여권 의원들의 목소리가 커서 박 변호사가 적임자로 물망에 오른 것 같습니다."

"총장님 생각은 어떠십니까?"

"네, 대통령님. 저도 박재영 전 중수부장을 추천합니다. 국민들이 원하는 진실을 있는 그대로 밝혀줄 사람입니다."

"그래야지요. 국민들은 알 권리가 있습니다. 알겠습니다."

상황이 여권에 불리하게 돌아간다면, 박재영은 특별검사 후보에 오르지도 못했을 것이었다.

트리니티 레볼루션
Trinity
Revolution

제43장. 특검

청와대의 지시도 따로 있었다.

지각변동이라도 일어난 것처럼, 청수원 사건 관련자들이 줄줄이 소환되었다.

수사는 급물살을 타기 시작했다.

국회에서는 청문회를 열었다.

시청률은 사상 최고치를 기록했다.

기가 살아난 여당 의원들은 증인들을 상대로 목에 핏대를 세웠고, 야당 의원들은 형식상 질문을 하다가 여당 의원들과 위원장에게까지 각개 격파를 당했다.

"여보세요, 김 의원님! 지금 전 국민이 지켜보고 있는데 그렇게 증인을 상대로 감싸 주기 질문만 하실 겁니까? 그럴 거면 나가세요! 자격이 없습니다!"

"참, 말씀 함부로 하시네요. 감싸 주기라니요! 국민을 대
표해 이 자리에 있는데 자격이 없다니요? 저는 지금 깃털들
보다 몸통을 밝혀내는 게 중요하다고 생각합니다! 그러려
면 한 면만 보고 파지 말고, 다양한 각도에서 여러 면을 살
펴야지요! 그래서 묻고 있는 건데, 무슨 말씀을 그렇게 하
세요?"

탕탕!

"조용하세요! 위원장이 말합니다. 김 의원님 발언권을 넘
기도록 하겠습니다. 지금 전 국민이 지켜보고 있는데, 그렇
게 형식적인 질문만 하고 그러시면 안 됩니다. 발언권 넘깁
니다. 서 의원님, 발언하세요."

청수원 사건을 둘러싼 여당 의원들의 공격은 날카로웠
다.

손톱을 세울 때와 감출 때를 잘 아는 사람들이었다.

하지만 언제나 그래 왔듯이 청문회를 지켜보는 국민들은
답답할 뿐이었다.

한 전 대통령은 끝내 증인으로 참석하지 않았다.

청문회가 별 소득 없이 끝나고, 대통령이 임명하는 특별
검사 후보로 박재영을 비롯한 5명이 국회의 추천을 받았
다.

이규환 정권 말, 레임덕이라는 말이 무색하게 야권의

민중당 임태용 후보의 지지율은 급격히 추락했고, 새정의 당 김건창 후보의 지지율은 하늘 높은 줄 모르고 치솟아 올랐다.

청와대 대변인이 청수원 사건 특별검사로 박재영 변호사가 임명되었음을 밝혔다.

박재영 특검에 대한 국민들의 기대가 컸다.

몸을 날리며 자신을 희생해 아들 같은 신임 검사를 구해준 사건이 한몫했다.

2012년 6월 13일.

종로구 정부서울청사.

이규환 대통령이 박재영 특별검사에게 임명장을 수여했다.

박재영은 뒤통수를 꿰매느라 짧게 자른 머리가 다시 자라나고 있었다.

임명장을 건넨 이규환 대통령은 사진만 찍을 뿐 별다른 말을 하지 않았다.

임기 말, 상황이 자신에게 유리하게 돌아가고 있기 때문이었다.

임명식이 끝나자, 박재영을 중심으로 기자들이 벌떼처럼 몰려들었다.

셔터가 쉴 새 없이 눌러졌고, 카메라 플래시가 사방에서 터졌다.

박재영은 이런 엄청난 기자들의 반응을 처음 접했다.

"한 말씀 해 주십쇼!"

"어려운 사건을 맡았습니다. 수사를 많이 해 왔지만, 굉장히 부담 가는 게 사실입니다."

"특검보는 정했는지요?"

"지금 이 순간에도 구상 중입니다."

신기하게도 한꺼번에 동시에 터지는 수십 가지 질문 중에 대답하기 편한 목소리만 꼬집듯 들려왔다.

"일각에서는 특검에 오르기 위해 중수부장직을 사임했다고 하는데요. 사실입니까?"

"전혀 그렇지 않습니다."

"특별수사관이나 특검에 미리 지원한 사람이 있었습니까? 있었다면 그들에게 먼저 기회를 주시겠습니까?"

"광범위한 접촉은 없었습니다. 다만 현역 검사 중에 특검을 원하는 후배들이 많습니다. 변호사들은 다들 기피하고 있고요."

"언제까지 준비를 끝낼 계획이십니까?"

"준비 기간으로 주어진 20일을 모두 소모한다는 것은 국민 여러분들께 죄송한 일입니다. 이번 주 안으로 끝내겠습니다."

20일의 준비 기간.

유정이 박재영 특검팀의 수사관으로 들어갔다.

그렇게 90일의 치열한 수사 과정부터 시작해 발표된 결과는 국민들을 경악케 만들었다.

NS복지문화재단 청수원 사건 관련자들의 죄가 만천하에 낱낱이 드러난 것은 말할 것도 없었다.

한수영의 비호세력인 한 전 대통령을 비롯한 정치인들과 검찰들까지 모두 다 기소되었고, 33인이 수사 과정에서 그 죄를 인정했다.

직접 방화로 23명의 목숨을 앗아 간 김영찬의 죽음은 타살의 흔적을 찾을 수가 없어 자살로 결론이 났다.

모조품을 복제한 화가는 이환미 대학생으로 작품 하나당 재료값 명목으로 10만 원을 받았다.

여행 비용이나 마련하자고 시작했던 일이 이런 끔찍한 사태로 이어질 줄은 몰랐다며 선처를 호소했다.

내년 대권의 승리가 확실시되었던 김건창 후보에게는 날벼락이 떨어졌다.

엉뚱하게도 NS복지문화재단 비자금을 조사하는 과정에서 여의도 새정의당 당사가 압수수색을 받았는데, 300억에 달하는 현금이 비밀 창고에서 발견된 것이다.

NS기업은 횡령과 배임, 그리고 300억 불법 정치자금이 전달된 과정까지 고스란히 밝혀지며 이사장인 회장부터 시작해 실질적인 경영을 맡고 있던 사장과 임원진들이 줄줄이 기소되어 포토라인에 서야만 했다.

새정의당 김건창 후보는 불법 정치자금에 대한 책임을 지고 모욕적인 사퇴를 했다.

자신은 정말 몰랐다는 것이다.

국민들은 박재영 특검팀에 만세를 불렀고, 대선의 판도가 새롭게 바뀌었다.

이미 실각한 기호 1번과 2번에 이어 새로운 얼굴이 떠올라 국민들에게 부각되었다.

기호 3번의 자유평화당 후보.

최종 학력 고졸, 국선변호인 출신으로 약자들을 위해 목숨을 걸었던 김민국의 시대가 열린 것이었다.

◇　◆　◇

인수는 유정을 통해 특검에서 수사를 하는 과정에서 NS복지문화재단 이사장이 청수원에 기증할 미술품 명목으로 돈세탁을 할 때 사용한 돈의 출처가 재단의 돈이 아닌 성호저축은행의 돈이라는 사실을 알고 있었다.

은행장이 재단 이사장에게 118억을 무담보로 대출해 준 것이었다.

하지만 특검에서 이 사건까지 건드리면 그야말로 또 하나의 대형 폭탄이 터지는 것이기에 일단 보류했다.

성호저축은행장 김위근은 말 그대로 사기꾼이었다.

그냥 사기꾼도 아니고 엄청난 사기꾼.

1978년 중졸 학력에도 불구하고 군대에서 만난 서울대 법대생에게 자신은 검정고시를 통해 서울대 법대에 입학한 후 지금 이렇게 입대를 한 것이라고 속여 복학생 모임 '법우회'의 대표가 되었다.

서울대 법대생들과 교수까지 속였다.

자신이 서울대 법대생임을 내세워 과외를 했는데, 1,600만 원을 가로챈 것도 모자라 학생의 집을 담보로 은행 대출까지 받아 신혼살림을 차렸다.

이 신혼집에 서울대 법대생들을 초대해 집들이를 했고 축하를 받았다.

과외학생의 부모로부터 고소를 당했지만, 아무런 처벌도 받지 않았다.

이른바 속고 있는 동문들이 철석같이 그를 믿고 뒤를 봐준 것이었다.

타고난 말발과 로비를 통해 정치권에 발을 걸쳤고, 2000년 성호저축은행을 출범시켰다.

은행장으로 있으면서 1,500억 원의 불법 대출을 받아 충남 아산 지역에 골프장과 온천리조트를 세워 차명으로 소유했다.

이 과정에서 NS복지문화재단 이사장에게도 118억을 불법적으로 대출해 준 것이었다.

청와대부터 시작해 여야 국회의원들도 로비와 접대를 받지 않은 사람이 드물 정도였다.

인수가 이 사건을 터트리지 않는 이유는 박재영처럼 놈들의 발목을 잡고 있으려는 것이 아니었다.

이 사건이 터지면 아무런 잘못도 없는 서민들만 큰 피해를 입기 때문이었다.

고위급 고객들은 영업정지가 떨어지기 전 미리 연락을 받고 예금한 돈을 모두 빼내겠지만, 뒤늦게 소식을 접한 서민들은 돈을 찾지 못해 피눈물만 흘리게 되는 것이다.

그러니 김위근을 잡아넣기에 앞서 해야 할 일이 있었다.

인수가 윤철에게 준비시킨 부분도 바로 이런 부분이었다.

"예금자 명단 다 파악됐어?"

[당연하지.]

"VIP 중에서도 내가 넘겨준 악질만 빼고 저소득층부터 일괄적으로 문자 보내."

[알았어.]

윤철이 보낸 문자로 성호저축은행에 돈을 예금한 가난하고 힘없는 사람들은 날벼락이 떨어지기 전에 안전하게 돈을 찾을 수가 있었다.

본격적인 수사가 들어가고 영업정지가 떨어졌을 때는

상황이 반대로 되었다.

은행장과의 친분으로 불법 대출을 받아 사업을 키우고 거액을 보관 중이던 악질들이 문이 닫힌 은행 앞에서 내 돈 내놔라! 소리치고 있었다.

한편, 특검을 통해 일약 스타 검사로 떠오른 박재영은 평생의 숙제였던 신약 사건까지 다시 파고들어 갔다.

이제는 충분히 그러고도 남을 힘이 있었다.

일명 거물로 통하는 놈들을 발아래 꿇리고 천하를 호령할 때가 되었다고 판단했다.

◇　◆　◇

특검이 끝나고 유정이 범정과로 돌아오자, 박세출이 물개박수를 치며 대환영했다.

"오늘 회식해야지?"

박세출은 부장검사에게 또 카드를 받으러 갔다.

이번에는 부장검사가 직접 달려와 유정에게 침이 마르도록 칭찬했다.

유정을 통해 검찰의 가장 강력한 실세 박재영에게 잘 보이기 위함이었다.

유정의 어깨에 힘이 잔뜩 들어갔다.

"수고했어."

인수가 어깨에 손을 올리고는 힘주어 말하자, 유정이 윙크를 했다.

고급 한우식당에서 소주에 맥주를 말며 부어라 마셔라 외쳐 대고 있는데, 인수의 전화기가 울렸다.

"잠시만요."

아빠의 전화였다.

인수는 밖으로 나갔다. 뒤에서 유정이 누군지 궁금해하며 맥주를 홀짝거렸다.

"네, 아빠!"

[인수야, 오늘 집에 좀 들어올 수 있어?]

"지금은 당장 어렵고요. 2시간 뒤에 들어가겠습니다."

[그래, 알았다.]

"네!"

[아 참.]

"……?"

[네 밑에 수사관이 특검에서 맹활약을 했더구나. 여자의 몸으로 그 거물들을 상대하다니, 참 대단한 거 같아.]

"유능한 수사관이거든요. 이따 집에서 봬요."

[그러자.]

"네에."

전화를 끊는데 옆에서 엄마가 "뭐라 그래? 응? 뭐라 그러냐고?" 하며 묻는 소리가 들려와 피식 웃고 말았다.

통화를 끝내고 뒤돌아서니 유정이 팔짱을 끼고는 서 있었다.

"뭐야?"

"깜짝이야. 울 아빠."

"그래?"

"들어가자."

"왜 전화하셨대?"

"내가 너한테 그런 것도 보고해야 해?"

"뭐 못 할 거 있어?"

"집에 잠깐 들리래."

"왜?"

"왜는 뭐가 왜야? 아니, 아빠가 아들한테 집에 좀 들르라는 데 뭐 이유가 있어야 돼?"

"바쁜 아들을 전화로 불러들인다는 건 특별한 이유가 있어서겠지. 엄마도 아니고 아빠가. 이 바보야."

"그런가?"

"넌 엄청 똑똑한 애가 그런 건 또 눈치가 없어요."

"너나 잘해. 술 좀 적당히 마시고."

"어우 씨! 저게!"

인수가 홱 뒤돌아서 식당 안으로 들어가자 유정이 입술을 삐죽거렸다.

안으로 들어가 보니, 벌떡 일어선 부장검사가 잔을 들어

올리고는 건배를 제안하고 있었다.

"오! 우리 박 검! 어서 와! 잔 들어! 어허! 뭐 하고 있어? 박 세출!"

박세출이 깜짝 놀랐다.

부장검사님이 아무리 회식자리에서 술에 취했을지언정 자신의 이름을 막 부르다니.

이건 완전 자신을 무시하는 처사였다.

"박 검 술 따라!"

"네!"

그래도 무능한 약자는 상관의 명령에 복종해야 했다.

박세출이 인수의 잔에 소주를 따른 뒤 맥주를 말았다.

"자! 우리 검찰은 하나다! 우리 모두의 단결을 위해 건 배! 내가 '우리 검찰은!' 외치면 모두 '하나다!' 후창 하도 록!"

"넵!"

"우리 검찰은!"

"하나다!"

주변 손님들은 '저것들이 진짜 검사들이면 다야?' 하는 표정으로 바라보았다.

하지만 회식 내용을 가만히 들어 보니, 이번 특검에서 맹 활약을 한 수사관이 자리에 있었다.

한데 저 검사라는 남자…… 인수를 알아본 남자가 사인을 받으러 왔다.

"왜요? 제가 왜 무슨 사인을 해야 하나요?"

"저 모르시겠어요? 박 검사님은 저를 기억하지 못하시겠지만, 저는 군생활을 하면서 박 검사님을 알게 되었습니다. GOP에서 면담도 하셨잖아요."

"아……!"

"기억나셨어요?"

"알 거 같아요."

"제가 병장 때 그 고문관 때문에 면담하셨습니다. 그때 그 사이코 잘 처리해 주셔서 정말 감사드립니다. 그 뒤로 소대에 평화가 찾아왔습니다."

"아이고, 그러셨구나!"

"이렇게 만나 뵙게 되어서 정말 영광입니다. 대한!"

"대한!"

인수가 자신의 잔을 비우고는 건네주었다.

"이렇게 만난 것도 인연인데 한 잔 받으세요."

"아, 네."

남자는 잔을 받으며 고개를 돌려 가족을 불렀다.

"여보! 와서 인사드려! 제 마누랍니다."

"안녕하세요……."

"네, 안녕하세요!"

"어허, 이 사람이 와서 인사드려야지."

"가고 있어요……."

"괜찮습니다. 아이고, 만삭이시네요. 그냥 계세요."

"박 검사님 덕분에 무사히 전역해서 직장생활하며 결혼
도 일찍 했습니다."

"부럽습니다!"

인수는 정말 부러웠다.

만삭의 부인을 보고 있노라니, 빨리 세영과 결혼해서 다
시 한 번 민아를 만나고 싶었다.

식당에서 1차를 마무리하며 2차 장소를 잡는 과정에서
인수가 부장검사와 회사 동료들에게 양해를 구했다.

"죄송합니다. 무슨 일인지 아버지께서 저를 보자고 하시
네요. 오늘은 여기까지만 달려야 할 것 같습니다. 거듭 죄
송합니다."

"그래. 어서 들어가 봐. 아버지께서 부르시는데 빨리 가
야지."

부장검사는 인수에게 굉장히 호의적이었다.

"어허, 박 검! 어딜 가? 2차 가야지! 노래방!"

박세출이 만취한 상태로 벌떡 일어서더니 가만히 서 있
지 못하고 비틀거리며 소리쳤다.

그러다가 식탁으로 엎어지며 김칫국물을 사방으로 튀겼
다.

한데, 또 일어섰다.

"얌마! 넌 조용해! 앉아!"

"아…… 부장님은 나만 미워해……."

"내가 뭘 너만 미워해?"

"미워하잖아요."

"앉아! 시끄러!"

"내가 뭘 잘못했다고……."

"어허! 너 계속 그럴 거야? 거 가슴에 김칫국물이나 닦아!"

"이거 언제 묻었지? 부장님이 묻혔어요?"

"내가 뭘 묻혀? 지가 엎어져 놓고는! 너 자꾸 그렇게 정신 못 차리고 구시렁거릴 거면 나가!"

"나가요?"

"그래! 나가!"

"여기서 나가요? 회사에서 나가요?"

"둘 다 나가! 필요 없어!"

순간, 박세출의 두 눈이 무섭게 돌변했다.

"이 씨발 놈이…… 보자 보자 하니까……."

분위기가 험악해졌다.

부하에게 욕을 들은 부장검사는 뒷목을 붙잡고 쓰러지기 일보 직전이었다.

"박세출!"

부장검사가 벌떡 일어나 박세출의 멱살을 붙잡자, 인수와 유정이 깜짝 놀라 뜯어 말렸다.

　"죽여! 씨발 죽여 봐! 나가긴 누가 나가? 니가 나가!"

　"쉿! 그만해요!"

　홍 주임이 박세출의 입을 막고 말렸고, 공 계장도 박세출을 온몸으로 감싸 안으며 말렸다.

　"와, 나 저 새끼 오늘 꼭 죽인다! 오늘 못 죽이면 내 성을 간다!"

　"부장님! 안 됩니다!"

　인수는 부장검사를 뜯어말렸다.

　그렇게 양쪽에서 붙잡아 말렸기에 큰 싸움이 일어나지 않았다.

　공 계장이 강제로 박세출을 안고 나가더니 저 멀리 데리고 가 버렸다.

　"내가 면목이 없네. 이거 원 남부끄러워서."

　"아닙니다."

　인수는 박세출이 나간 문을 바라보며 말했다.

　"오늘 많이 취하셨더라고요."

　"하여튼 저놈 문제야, 문제."

　부장검사는 혀를 끌끌 차며 계산대로 가서 계산을 했다.

　"잘 먹었습니다."

"잘 먹긴. 어서 가 봐. 아버님 기다리시겠네."

"네! 내일 뵙겠습니다."

"그래."

인수는 유정에게 손을 흔들며 자리를 빠져나왔다.

어디선가 박세출이 욕을 내뱉는 소리가 계속 들려오는 것만 같았다.

◇ ◆ ◇

인수는 집에 들어가는 길에 아빠와 한잔을 더 할 생각으로 회를 떴다.

문을 열고 들어가자 아빠도 이미 한잔을 걸친 상태였다.

"아빠 엄마 저 왔어요!"

"어서 와라."

"오메! 우리 특검나리께서 오셨네?"

"하하하. 제 수사관이 특검팀이었지 전 아니에요 엄마. 소문 이상하게 날라."

"그거시 그거시제! 근데 뭘슬 다 사 와부렀다냐?"

김선숙은 눈에 넣어도 아프지 않을 아들이 오니 신이 났다.

"회! 빈손으로 올 순 없잖아요?"

"한잔 더 해야겠군."

"작작 드쇼."

"어허."

김선숙이 남편을 째려보다가, 아들을 보고는 활짝 웃었다.

"인혜는요?"

"오고 있는 중이란다."

"혼자 온데요?"

"왜? 수연이?"

"아니요. 그냥 혼자 다니나 해서요."

"요즘 수연이랑 같이 안 다니는 거 같던데. 매니저가 바뀌었나 봐."

"네……."

"매니저가 바뀐 뒤로 남자가 생긴 거 같다고 그러기도 하고."

박지훈도 은근히 수연에게 관심이 많았다.

그래서 인혜가 하늘 말은 모두 귀담아 들었다.

"오. 인혜가 그래요?"

"인혜도 잘 모르나 봐. 수연이가 뭔가를 숨기는 것도 처음이라는데?"

"흠. 수연이 성격에 뭘 숨기거나 하지는 않는데. 에이, 없나 보죠. 인혜가 뭘 잘못 생각하고 있는 거 같네요."

"그럴까?"

부자간의 대화에 김선숙이 갑자기 껴들었다.

"오메, 내 새끼 얼굴이 그냥 반쪽이 돼 부렀네."

"엄마. 저 그렇게 고생 많이 안 해요."

"아니여. 완전 반쪽이여. 어찌까잉 시상에. 짠하네잉."

"그러게. 살이 좀 빠져 보이긴 하다."

"아따 근데, 저번에 엄마 모임 했거든? 근데 그 무식한
여편네들이 특검이 어짜고저짜고 즈그들끼리 막 뭐라 그
라는데 내가 확실히 모른께 뭔 말을 못 하겠더라. 그냥 조
용히 입 다물고 있었더니, 아들 부하가 특별거시기가 됐
는데 뭐 돌아가는 거 모르냐고 물어 대고 아따 성가시게
하던그."

"하하하!"

인수는 엄마가 하는 말이 너무 웃겼다.

다른 엄마들이라면 둘 중의 하나일 것이다. 아들이 검사
랍시고 자랑을 하면서 오지랖을 떨든지, 아니면 아들 앞날
을 걱정해 잘 모른다고 입을 꾹 다물든지.

한데 김선숙은 그냥 아무것도 몰라서 입을 다물고 있었
단다.

"근데 뭐시 특별해서 특별검사여? 너는 어째 안 돼?"

"당신은 왜 나한테는 물어보지도 않고 뭔 말을 해 주려
면 됐다고 하면서 듣지도 않더니, 아들 오니까 정신 사납게

막 물어보고 그래?"

"당신은 조용하쇼. 아들이랑 얘기하고 안 있소."

"하하하, 엄마. 특별검사에서 특별은 독립을 뜻해요."

"오메⋯⋯."

김선숙은 아들을 이렇게 가까이에서 그냥 보고만 있어도 배가 불러 죽겠다는 표정이었다.

거기에 뭔가 남들은 할 수 없는 특별해 보이는 설명까지 해 주자 감격이 뒤따랐다.

"원래 검사가 직무를 수행할 때 그 역할을 제대로 할 수 없는 경우가 종종 있지."

"아따 당신은 좀⋯⋯."

'빠져요.' 라고는 말하지 못했다.

서방님은 좀 이럴 때 나서지 말고 빠지라는 것이다. 아들이 하는 말만 듣고 싶은 김선숙이었다.

"하아."

박지훈이 한숨을 내뱉더니 회 한 점을 초장에 잔뜩 발라 먹었다.

"아빠 말이 맞아요, 엄마. 왜냐하면 검사는 검찰총장의 지시와 명령에 복종해야 한다는 제도적 이유도 있고, 권력의 실세에 대항할 때 자신의 장래에 상당한 불이익이 있을지도 모른다고 생각할 수밖에 없거든요. 그러니까 공정성과 중립성을 찾기란 사실상 어려울 수가 있어요."

"오메 시상에…… 야가 내 아들이여……."

"그래서 특검은 기존 검찰 조직에서 벗어나 독립적인 지위를 가지는 검사로 사건을 수사하는 거고요. 저는 아직 경력과 경험이 부족해서 안 되는 것이고요."

"오메 참말로."

"한 가지 재밌는 비밀 하나 알려 드릴까요?"

"뭐?"

"그 비밀이 뭐시다냐?"

두 사람의 두 눈이 동그래졌다. 귀를 바짝 기울였다.

"특별검사는 90일 동안 돈을 마음대로 쓸 수가 있어요. 제약 없이."

"우와."

"그런 게 있었어?"

"네. 비밀입니다. 어디 가서 절대로 말하시면 안 돼요?"

"알았어. 우리 노무실장한테도 비밀로 할게."

"아따 근데…… 쓸 시간이 있간?"

김선숙을 바라보는 박지훈의 두 눈이 저절로 깜박거렸다.

'천잰데? 그러고 보니 맞네?' 라는 표정이었다.

"하하하! 맞아요. 특활비로 돈을 제약 없이 쓸 수가 있는데, 쓸 시간이 없어요."

박지훈도 어이가 없어서 웃고 말았다.

"근데 아빠…… 뭐 하실 말씀이 있다고 하셨잖아요?"

박지훈이 웃다가 정색했다.

"무슨 말이냐면. 상견례 날짜를 잡았으면 해서."

"상견례요?"

인수가 엄마의 얼굴을 보았다.

"아따 어른들 서로 인사도 하고 그래야지 어쩔 것이냐."

"오메, 울 엄마……."

"아따 여럽게 그런 눈으로 보고 그라냐."

"오메…… 울 엄마……."

인수는 엄마에게 다가가 꼭 안아 주었다.

"아따 참말로 서로 얼굴 보고 인사하는 것이 뭐 어렵다냐?"

"그것이 어려워서 여태 미뤘잖아?"

박지훈이 쐐기를 박았다.

"확, 저 영감탱이가."

"크으……."

이제는 영감탱이라고 불려도 참아야만 했다.

자기가 왜 이렇게 되었는지 알 수 없는 박지훈이었다.

◇ ◆ ◇

그날 밤, 이태원.

1천만 원을 지불하면 그 안에서 무슨 짓을 해도 알지 못하는 비밀 장소.

새로 바뀐 매니저는 계속해서 수연에게 그곳에 들어가 줄 것을 부탁하지만 수연은 절대사절이었다.

매니저는 이 바닥에서 제대로 구른 베테랑처럼 아양도 떨고 부탁도 하고 통사정도 해 보지만 수연은 참다못해 화를 냈다.

"오빠 자꾸 이러면 사장님한테 말할 거야?"

"아, 보보야! 나 좀 살려 주라! 저 안에 있는 사람들이 어떤 사람들인데!"

"그 사람들이 대체 누구든 나랑 무슨 상관인데? 오빠 혹시 그 사람들한테 돈 받았어?"

매니저가 화들짝 놀랐다.

푹 찔러주는 백만 원을 이미 받았기 때문이었다.

"아니야! 맹세코 아니야!"

"됐어! 대통령 아들이라도 관심 없어. 차 돌려. 진짜 앞으로 한 번만 더 이러면 사장님한테 말할 거야."

"힝. 알았어."

매니저는 운전을 하면서도 구시렁거렸다.

"이게 다 나 좋아서 이러는 건 줄 알아? 너 언제까지 힘들게 연예계 생활할 건데? 여자 스타들 길어 봐야 3년이야. 괜찮은 남자 하나 잡아야지."

수연은 창밖만 보고 있을 뿐이었다.

대꾸하면 말이 길어진다는 것을 알고 있기에 무시했다.

더군다나 인수 다음으로 눈에 보이는 남자가 단 한 명도 없었다.

연예계 생활 초짜도 아니고.

저런 비밀 룸에서 어떤 배경을 가진 자들이 어떤 짓을 벌이고 있는지 잘 알고 있었다.

한 번쯤은 망가져 버리고 싶은 충동에 휩싸이기도 했었다.

그냥 모든 것을 다 포기하고 싶을 정도로.

그렇게 창밖을 바라보며 상념에 빠져 있던 그때, 전화기가 울리며 수연은 현실로 돌아왔다.

"어, 인혜야."

[수연아, 스케줄 다 끝났어? 나 지금 오빠 온다고 해서 집에 갈 건데. 같이 갈까?]

"음…… 글쎄."

[뭐 그런 시원찮은 대답이 다 있어? 갈 거야, 말 거야?]

"나 그냥 쉴래."

[알았다. 오빠라면 죽고 못 살더니. 남자가 생겼군. 역시, 남자가 생겼던 거야.]

"알아서 생각해."

[알았어.]

수연은 전화를 끊었다.

정말 피곤한 하루였다.

살짝 잠이 오려는데, 핸드폰이 또 울렸다.

또다시 인혜에게 전화가 걸려 온 것이다.

"왜?"

[야, 울 오빠 상견례 날짜 잡는다는데?]

"그래……."

[너 솔직히 말해 봐.]

"뭘?"

[이번이 정말 마지막이 될 수가 있다고, 이 바보탱아.]

"뭔 소리야. 나 피곤해."

[어휴! 바보 멍청이! 그러면서 혼자 삭이고 울고!]

"우리 인혜 오늘따라 왜 이럴까?"

[매니저 오빠 옆에 있어?]

"응."

룸미러, 매니저와 수연의 눈이 마주쳤다.

[그 오빠 소문 안 좋아. 조심해.]

"알았어. 집에 다 왔다. 내일 보자."

[그래.]

수연은 전화를 끊으며 혼자 중얼거렸다.

"그래도 나 걱정해 주는 사람은 인혜밖에 없네."

"오빠도 있잖아."

매니저가 거울을 통해 수연을 보며 두 눈을 깜박거렸다. 귀엽긴 했다.

"네, 네. 조심히 들어가세요."

"그래, 내일 새벽부터 보자."

"그래요."

수연을 들여보내고, 차에 올라탄 매니저가 인상을 확 구겼다.

"아, 거 되게 안 통하네. 약을 먹여서라도 끌고 들어가야 되나. 형님들 또 노발대발하시겠네."

매니저는 담배를 꺼내 물었다.

수연이 차 안에서는 금연이라고 했기에 밖에서 피우다가도 수연이 없으면 이렇게 차에서 담배를 피웠다.

"인혜를 먼저 설득해야 하나."

매니저는 고민이 많았다.

창문을 열고 피우던 담배꽁초를 퉁겨 버리려는 그 때 핸드폰이 울렸다.

"이크!"

액정화면을 보니, 문제의 형님이었다.

"네, 형님!"

급하게 전화를 받으며 한 모금 더 빨고 버린다는 게 담배를 가랑이 사이에 떨어뜨리고 말았다.

"으아, 좆 됐다!"

[뭐야?]

"아닙니다, 형님! 담배! 담배를 떨어뜨렸어요!"

[이 새끼 이거.]

끼이익!

매니저는 담배가 떨어진 사타구니 밑을 손으로 막 털며 급히 차를 세웠다.

급히 수습하긴 했지만, 시트에 구멍이 났다.

"아우! 내가 미쳐!"

[나도 미쳐. 너 대체 뭐 하는 거야?]

"형님! 잠시만 기다려 주십시오!"

[내가 여기서 널 얼마나 더 기다려야 하니?]

"잠시만! 잠시만 기다려 주십시오!"

[똑바로 해라.]

"네, 형님!"

매니저는 담뱃불로 인해 구멍이 난 시트를 보며 에라, 모르겠다는 심정으로 인혜에게 전화를 걸었다.

"우리 지원이(인혜) 오빠 부탁 좀 들어줄 수 있어?"

[뭔데요?]

"내가 정말 좋아하는 형님들이 네 광팬이래."

[그런데요?]

"지금 널 보고 싶다고 하시네?"

[왜 이러세요?]

"인혜야! 왜 이러긴? 진짜야!"

[수연이한테도 이런다면서요?]

"아…… 왜 이렇게 내 맘을 몰라주는 거니? 그 형님들 정말 좋으신 분들이야. 세상에 둘도 없는 분들이라고."

[됐고요. 내일 짐 쌀 생각이나 하세요. 진짜 보자 보자 하니까 별 양아치 같은 게.]

딸깍.

인혜가 전화를 끊어 버렸다.

"헐……."

양아치라는 말이 심장을 찌르고 들어왔다.

그렇게 멍하니 구멍 난 시트만 내려다보고 있는데, 문제의 형님에게 또 전화가 왔다.

[너 노력하고 있긴 하니?]

"형님. 제가 신지원을 지금 섭외 중인데요."

[신지원? 그게 누구야?]

"아트만골드 싱어송라이터……."

[아! 알아! 신지원!]

"네, 형님."

[근데 됐어. 걔는 데리고 오지 마.]

"……."

[보보 데리고 오란 말이야!]

"네, 형님. 계속 노력하겠습니다."

전화를 끊은 매니저는 씨발! 하며 바퀴를 발로 찼다.

인혜에게 왜 전화했을까, 후회가 막심할 뿐이었다.

◇　◆　◇

세영의 집.

아파트 정문을 통과해 주차장에 도착했을 때, 손을 흔드는 세영을 보고는 인수가 라이트를 깜박거렸다.

세영이 손을 들어 눈을 가렸다.

"왜 나와 있어?"

"빨리 보고 싶어서."

"역시 난 사랑 받는 사람이야."

치, 하며 팔짱을 껴 오는 세영의 표정은 행복해 보이긴 하지만 뭔가 걱정이 있어 보였다.

"밥은 먹었어?"

"먹었지. 시간이 몇 신데. 잠깐만."

"뭘 또 사 왔어?"

"처갓집을 빈손으로 올 수 있나."

"올 때마다 뭘 사 오면 어떡해? 빈손으로 와도 됩니다."

"그럴 순 없습니다. 이건 아버님 좋아하실 양주, 이건 어머님 좋아하실 스카프."

"난? 내 건 없어?"

"어?"

"치."

쪽.

"이게 내 선물."

인수가 기습 뽀뽀를 해 주자, 세영이 입술을 삐죽거리며 팔꿈치로 어깨를 툭 쳤다.

"좋아?"

"아, 놀리지 마. 동네에서."

"뭐 어때?"

"들어가세요. 기다리고들 계세요."

인수가 먼저 앞서가는 세영을 붙잡아 세웠다.

"……?"

"내가 오늘 무슨 말 할지 대충 알겠지?"

끄덕끄덕.

고개를 끄덕이는 세영을 인수가 끌어와 꼭 안아 주었다.

등을 쓰다듬어 주며 인수가 말했다.

"다 잘될 거야. 걱정하지 마."

"응."

세영이 인수의 등을 토닥여 주었다.

인수가 안에 들어가 보니, 장인어른과 장모될 사람도 긴 장한 표정이었다.

오늘 늦더라도 집에 찾아와 드릴 말씀이 있다고 하니 상
견례 얘기를 꺼내지 않을까 눈치를 챈 것이었다.

"그래. 어른들 건강하시고?"

"네."

"식사는?"

"저 먹었습니다. 아버님, 약주 좀 사 왔는데 한잔 어떠세
요?"

"좋지. 근데 소주로 하세."

"좋습니다."

최미연이 재빨리 소주잔과 준비해 둔 과일과 안주를 내
왔다.

서로 잔을 주거니 받거니 하다가 인수가 세영을 보며 말
을 꺼냈다.

"아버님, 어머님. 저희 부모님께서 두 분께 정식으로 인사
를 드릴 겸 결혼 날짜도 상의할 겸 만나고 싶다고 하시네요."

김영국은 온몸에 소름이 돋아나는 것만 같았다.

모든 털이 송곳처럼 서는 기분이었다.

검사 집안이 먼저 상견례 얘기를 꺼내는 것이었다.

"그래…… 날은 언제로?"

"아버님 시간 괜찮으신 날로……."

"점심이 좋을까…… 저녁시간이 좋을까…… 토요일? 아
니면 일요일……."

"아버님, 어머님 다음 주 화요일 저녁 7시……."

"그래, 좋네."

최미연이 무릎으로 김영국의 허벅지를 툭 쳤다.

"아…… 시간을 한번 봐야겠지? 다음 주 화요일이면…… 내가 약속이……."

김영국이 현관 앞에 걸어 둔 달력을 찾지 못하고, 고개를 좌우로 돌렸다.

"아빠. 달력 여기요."

세영이 전화기로 달력을 보여 주었다.

"그래. 이날 약속이 없네. 없어."

"어머님은요?"

"집에만 있는 사람이 무슨 일이 있겠어…… 어르신들 시간 먼저……."

"제가 확인해 보겠습니다. 특별한 일 없으면 이날로 자리를 마련하는 방향으로…… 장소는 아버님께서?"

"그래. 내가 시청 앞에 괜찮은 한식당을 알아. 예약해 두지."

"알겠습니다. 감사합니다."

"나 화장실 좀……."

화장실로 들어가 거울 앞에서 잠시 멍하니 서 있던 김영국이 갑자기 씩 웃더니 아싸! 하며 두 주먹을 불끈 쥐었다.

최미연도 티 나지 않게 가슴을 쓸어내리고 있는 중이었다.

하지만 세영은 이 모든 분위기가 그리 맘에 들지 않았다.

인수를 대하는 부모님의 태도에 씁쓸할 뿐이었다.

세영은 인수의 얼굴을 보았다.

인수가 네 맘 다 안다는 듯 활짝 웃어 주었지만, 세영의 마음은 무겁기만 했다.

더군다나 최근에 아빠가 한 말이 계속 뒤통수를 붙잡고는 놓아주질 않고 있었다.

시청 고위공무원이 우연히 박인수 검사에 대해 칭찬을 하며 이야기할 때, 내 사위가 될 사람이라고 말했다는 것이었다.

그때 세영은 아빠를 나무라고 싶었지만, 마냥 좋아만 하고 있는 아빠 앞에서 뭐라고 말하는 것도 아닌 것 같아 참았었다.

무조건 인수의 입장에만 서서 아빠를 기죽이고 싶지는 않기 때문이었다.

하지만 세영은 그것이 상견례에서 큰 화근이 될 것이라고는 상상도 하지 못했다.

◇ ◆ ◇

시청 주변, 고급 한식당.

상견례 약속 시간보다 30분 일찍 양쪽 집안이 만났다.

서로 먼저 도착해서 기다리는 것이 예의라며 서둘렀는데, 인수의 가족이 먼저 도착했다.

김선숙은 양가가 30분 전에 만났는데도 못마땅했다.

자신들이 먼저 와서 기다렸다는 것이…….

더군다나 사돈될 바깥양반을 보니, 키도 작고 왜소한 것이 막말로 하나도 보잘것없는 사람이었다.

그나마 부인은 예쁘장하고 참해 보이는 것이 나쁘지는 않았지만, 그저 평범해 보이기만 하는 이 집안이 썩 마음에 들지 않았다.

그래도 내 신랑이 어디 가서 빠지는 인물은 아니구나라고 생각하는데, 사돈양반이 자꾸 웃었다.

거기까지는 봐줄 만했는데, 뭔가 안절부절못하는 것이 무슨 똥 마려운 개도 아니고 갈수록 못마땅했다.

김선숙은 아무런 말도 꺼내고 싶지가 않았다.

그냥 말이 없었을 뿐인데, 일부러 잘난 아들 둔 도도한 부모라고 뽐내는 것처럼 보이고 있었다.

김선숙 본인도 모르고 있는 사실이었다.

세영도 몹시 불편해지기 시작했다.

마음의 각오를 충분히 했지만, 아빠와 엄마의 모습이 너무나도 안쓰러워 보였다.

제44장. 속상하다

트리니티 레볼루션
Trinity
Revolution

제44장. 속상하다

박지훈은 예비 사돈어른들과 마주하고 앉아 있으니 세월이 참 빠르다는 사실을 새삼 느꼈다.

어느새 내 아이가 이렇게 자라 상견례라니.

태어나서 처음인 일인지라 어색한 것도 있었지만, 이런 감회 때문이라도 무슨 말이 쉽게 나오질 않았다.

더군다나 아내와 한바탕했다.

상견례를 앞두자, 회사에서 부하 직원들과 나누는 대화들도 자연스레 상견례에 관한 것들이었다.

총무팀장이 말하길, 요즘 상견례는 딱딱하고 어색하게 마주 앉아 식사만 하지 않고 바닷가 여행도 곁들인다더라, 신선한 회도 먹고 양가 가족들끼리 해변을 걸으면서 바닷

바람도 쏘이고 사진도 찍으며 즐기는 분위기라고.

사장님도 한번 해 보시는 게 어떠시냐고.

박지훈은 아주 좋다고 생각했다. 맘에 쏙 들었다.

그래서 김선숙에게 말했다가 혼났다. 일명 '총찬한' 소리하고 앉았다고.

그렇게 지금 예비 사돈어른들을 앞에 모시고 앉아 있으니, 그날의 악몽이 떠올랐다.

'당신은 참말로 속이 있소? 없소?'

'거참, 이런 것도 있으니까 한번 생각해 보라는 거지……'

'겁나 좋겠소! 아들 결혼 야기를 해변을 걸음시로 한께. 왜? 옆구리에 술병도 차고 걷지 그라요? 오메, 참말로 뭔 아베가 속창아지가 없어도 저렇게 없을까잉. 시방 결혼이 뭐 장난이요? 워메, 참말로……'

'당신 진짜 계속 이럴 거야?'

'아 뭣을요?'

'당신 솔직히 말해! 당신은 처음부터 이 결혼이 못마땅한 거잖아? 앞으로 잘한다며? 노력한다며? 당신, 약속 했어 안 했어?'

김선숙은 대답하지 않았다. 박지훈을 쩨려보다가 방으로 들어가 버렸다.

'내 더러워서 뭔 말을 말아야지.'

박지훈이 이런 생각에 빠져 있는 그때, 인수가 어색한 분위기를 깨고자 자신의 부모님부터 소개했다.

　"아버님, 어머님? 저희 부모님이십니다. 아빠, 엄마. 인사 드리세요."

　인수가 말한 뒤 세영에게 눈치를 주었다. 그러자 세영도 이어서 가족을 소개시켰다.

　"아버님, 어머님. 저희 부모님이세요. 엄마, 아빠. 인사드리세요."

　양가 어른들은 "안녕하십니까?" 하며 가벼운 목례로 인사를 나누었다.

　'괜찮아?'

　'응.'

　인수가 눈빛으로 세영을 걱정해 주었다. 세영도 자신을 걱정해 주는 인수의 따뜻한 마음이 전해져 와 고개를 끄덕였다.

　'그래.'

　인수도 흐뭇한 표정을 지었다.

　박지훈과 김영국은 자식들의 소개에 서로 통성명을 하고 인사를 나누긴 했지만, 김선숙의 얼굴이 굳어 있으니 분위기는 여전히 어색하기만 했다. 인수가 분위기를 바꿔 보려고 인혜를 소개시켰다.

　"여기는 제 여동생입니다. 인혜야, 어르신들께 인사드려야지."

"인사했는데?"

"응?"

"아까 입구에서 인사했어. 맞죠? 우리 인사했죠?"

"네, 인사했습니다. 그러고 보니 사돈처녀는 사부인을 꼭 닮았네요. 보통 딸은 아빠를 닮는데요. 하하, 하하하."

얼떨결에 어색한 분위기가 풀어지면서 대화가 시작되었다.

인혜가 아빠를 닮지 않고 엄마를 닮았다는 김영국의 말에 김선숙도 세영과 김영국의 얼굴을 번갈아 보았다.

'오메…… 즈그들도 하나도 안 닮았구먼.'

"저 울 아빠 안 닮았어요?"

자연스럽게 모두의 시선이 인혜에게로 쏠렸다. 인혜만 속 편해 보였다.

"아빠도 닮았는데 엄마 얼굴을 더 많이 닮은 거 같네요. 사돈아가씨……."

최미연은 무척이나 조심스러웠다. 말을 하면서도 김선숙의 눈치를 살폈다. 도대체 뭐가 그리 불만인지, 사부인의 얼굴에 웃음기가 하나도 없기 때문이었다.

"근데 와, 반찬 깔리는 거 봐. 시청 주변 식당은 다 이런가? 이건 뭐야? 토란인가? 엄마, 이거 토란이야?"

김선숙이 힐끗 내려다보자, 최미연이 대답을 기다렸다.

끄덕끄덕.

"그런가 보다."

김선숙이 고개를 끄덕이며 대충 대답했다.

"네, 사돈아가씨. 토란 맞아요."

"토란을 이렇게도 요리하는구나. 맛있겠다. 엄마는 못 하지?"

'이 염병할 년이……'

인혜가 분위기와는 상관없이 식탐부터 부렸다. 젓가락을 들자, 김선숙이 무릎으로 인혜의 허벅지를 툭 쳤다. 하마터면 욕이 튀어나올 뻔한 것을 겨우 참았다.

"아, 왜?"

인혜가 발끈하며 따지고 들자 인혜를 향한 김선숙의 두 눈에 힘이 빡 들어갔다. 그것도 모자라 손을 인혜의 엉덩이로 몰래 가져가 사정없이 꼬집어 버렸다.

"악! 아파! 뭐야?"

"끙……."

김선숙이 사돈어른들을 향해 애써 웃었다. 이를 악물었다.

'적당히 해라, 이 가시나야.'

어른들은 수저도 못 들고 있는데 혼자 젓가락 들고 설치는 것이 창피할 지경이었다.

'이 염병할 년, 총찬한 년. 즈그 아빠가 이쁘게만 키워 논께는 버르장머리가 한나도 없네, 염병할 가시나. 워메,

남사스러운그.'

"하하하. 사돈처녀가 음식을 맘에 들어 하는 거 같으니 다행이네요."

"저 짱 좋아요. 완전 좋아요."

'오메…… 다 큰 년이 말하는 꼬라지 하고는…….'

김선숙은 인혜가 정말 못마땅했다.

그런데 인혜가 김영국의 얼굴과 최미연의 얼굴을 번갈아 보더니, 세영을 찾았다.

"언니."

"네? 네, 아가씨."

세영이 다 깜짝 놀랄 정도였다.

"언니도 엄마를 꼭 닮았구나?"

"그래요?"

"아빠는 하나도 안 닮았어. 나랑 쌤쌤."

"아, 네……."

"인혜야……."

박지훈이 인혜를 조용히 부르며 눈치를 주었다.

어디 상견례 자리에서 새언니가 될 사람에게 반말을 찍 찍거린단 말인가.

"아빠, 왜?"

하지만 인혜는 눈치가 없었다.

원래 그 사람이 가진 기질과 성격이라는 것은 하나의 기득권이 될 수가 있다. 처음부터 그리해 왔으니 갑자기 다르게 행동하는 것이 오히려 더 이상한 것이다. 인혜의 그런 성격을 박지훈도 알기에 두 손 두 발 다 들었다.

"아니야. 우리 딸 예쁘다고."

"당연하지."

인혜의 말에 세영의 가족이 모두 웃고 말았다.

"죄송합니다. 제가 딸을 너무 예쁘게만 키웠습니다. 누가 데려갈지……."

"아닙니다. 사돈처녀가 아주 밝고 명랑해 보여 좋습니다."

"그죠? 봐, 어느새 분위기 좋잖아?"

"그러네, 우리 딸이 최고네."

박지훈이 마지못해 말했다. 이제는 제발 조용히 그 입을 딱 닫고 있어 달라는 뜻이었다.

"그럼, 말씀들 나누세요. 언니, 나 잘했죠?"

인혜가 세영을 향해 웃으며 윙크를 했다. 세영도 아가씨가 귀여워 웃고 말았다.

분위기가 밝아지자, 박지훈이 말을 꺼냈다.

진심으로 전하고 싶은 말이었다.

"예로부터 혼인이 인륜지대사라지만, 뭐 저도 이 사람 손만 잡고 결혼했습니다. 사돈 되실 두 분께서는 혼수에 대해 너무 부담 갖지 않으셨으면 합니다. 앞으로 부부의 연을

맺고 행복하게 살아갈 두 사람이 중요한 거지, 격식 따위 뭐 그리 중요하겠습니까?'

"네……."

"네에……."

박지훈은 진심이었지만, 김영국과 최미연은 도대체 예단 비용으로 얼마를 보내야 하는지 가늠이 되지 않아 더 불안 했다.

남자가 마련한 집값의 10%는 기본이었다.

인수는 신혼집으로 강북에 30평대의 새 아파트를 장만 했다. 구경을 가 보니, 10층 거실에서 한강이 훤히 내려다 보였다. 말 그대로 환상적이었다.

알아볼 필요도 없이, 시가가 10억이 넘었다.

그러니 1억은 충분히 각오했다. 하지만 여기에 플러스알 파를 더 원한다는 소리로만 들렸다.

박지훈의 진심이 왜곡된 순간이었다.

그리고 이미 날카로운 상태인 김선숙의 신경을 더욱 긁 고 자극해 예민하게 만든 순간이기도 했다.

'오메, 노망들었는갑네. 누가 누구랑 손만 잡고 결혼을 했다고 저런 염병할 소리를 찌그린다냐?'

"인수 아부지."

김선숙이 제대로 입을 열었다. 이 순간, 김선숙의 태도는 돈이면 다 해결된다는 사고방식으로 무장된 부유층의 그 어떤 사모님보다 더 완고해 보였다.

"응?"

박지훈이 깜짝 놀랐다.

김선숙이 딱 잘라 말했다.

"인수 아부지. 어디에서 저 말고 다른 여자랑 먼저 결혼을 하셨어요?"

"으응?"

박지훈이 두 눈만 깜박거렸다. 김영국과 최미연도 깜짝 놀랐다.

"손만 잡고 결혼하긴요?"

김선숙이 눈에 힘을 빡 주더니, 이를 악물고는 입술을 닫았다. 그 입술이 파르르 떨렸다.

박지훈은 김선숙이 지금 소리 없이 전하는 말을 똑똑히 들었다.

'터진 주둥아리여도 말은 똑바로 해야지라.'

"저 친정에서 해 올 건 다 해 왔죠."

"이 사람이…… 말이 그렇단 거지."

인수는 뭔가 불안했지만 일부러 말을 아꼈다. 어른들의 대화에 끼어들어서는 안 된다고 생각했다.

하지만 세영의 표정이 너무 좋지 않았고, 장인장모 되실 두 분이 쩔쩔매는 모습을 보고 있노라니 도움을 드리고 싶었다.

"제가 조심스럽게 한 말씀 올리고 싶습니다."

"어, 그래."

김영국이 환영했다. 최미연도 인수가 나서 주니 반가웠고 마음이 다 놓였다.

"오늘은 첫 만남이니까요, 서로 편한 만남이 되셨으면 좋겠습니다. 결혼 준비에 대한 것들은 이 사람과 제가 양쪽 어르신들 의견 듣고 상의하면서 조율해 진행하는 게 어떨까요?"

"그래, 네 말이 맞다. 오늘은 서로 어려운 자리니까."

박지훈이 재빨리 인수의 편을 들어주었다. 김선숙은 못마땅했지만, 아들이 나서서 하는 말에는 참을 수밖에 없었다. 일부러 아무런 말도 하지 않았다.

인수의 할아버지 무덤 앞에서 엄마가 앞으로 잘하겠다고 약속한 것 때문이라도 입을 다무는 게 상책이라고 생각했다.

하지만 분명 소외받고 있는 기분이 들어 심기가 매우 뒤틀렸다.

"맞아! 오빠 말이 딱 맞아!"

인혜도 눈치는 있어서 세영에게 또 윙크를 하며 맞장구를 쳐 주었다.

"일단 식사 먼저 하시죠?"

"네, 드시죠."

박지훈이 권하자, 모두 약속이라도 한 것처럼 음식을 먹기 시작했다.

"언니 많이 먹어."

인혜가 반말을 지껄이자 김선숙이 또 째려보았다.

"요."

인혜가 재빨리 요를 붙였다.

"네, 아가씨…… 아가씨도 많이 드세요."

"사돈어른, 한잔하셔야죠? 제 잔 받으십쇼."

박지훈의 나이가 어렸다. 다섯 살 아래였다.

"아이고, 아닙니다. 사돈어른 먼저 받으십쇼."

"그냥 사돈이라고 불러 주십쇼."

"그럴 수가 있나요. 사돈어른."

김영국이 벌떡 몸을 일으켜 술이 담긴 주전자를 빼앗아 따르려고 하자, 박지훈도 엉거주춤 몸을 일으키며 손사래를 쳤다.

"아닙니다. 제가 한참 아랫사람인데 그냥 사돈이라고 불러 주십쇼. 제가 먼저 따라 드리겠습니다."

"아휴, 아닙니다. 제 잔 먼저 받으십쇼."

"가위바위보 해요!"

인혜가 음식을 먹다가 아무 생각 없이 내뱉었다.

김선숙의 표정이 또다시 순식간에 일그러졌다. 입술이 부르르 떨리는 것이 욕을 참고 있다는 증거였다. 터지기 일보 직전이었다.

"아, 왜?"

'시방 놀러 왔냐? 놀러 왔어, 이 가시나야? 너도 느그 아부지따라 해변이나 걸어라, 이년아!'

김선숙의 눈이 말하고 있었다.

인수도 이제는 인혜에게 사인을 보냈다.

엄마 건들지 말라고.

실랑이 끝에 박지훈이 먼저 술을 따랐다. 김영국도 박지훈에게 술을 따른 뒤 주전자를 아내에게 건네주며 눈치를 주었다. 사부인에게 한 잔 올리라고.

최미연이 주전자를 들고는 어쩔 줄을 몰라 했다.

"사부인…… 제 잔 받으세요."

겨우 말했다.

"저는 술을 못하는데……."

술을 하건 못하건 상대방이 권하면 받는 것이 예의이건만, 김선숙은 잔을 들지도 않았다. 최미연만 술 주전자를 들고는 쩔쩔맸다.

"사부인, 제가 먼저 따라 드리겠습니다. 제 잔 받으십쇼."

"아, 네……."

박지훈이 재빨리 일어서서 최미연의 손에서 술 주전자를 빼앗아 술을 따랐다.

"감사합니다."

"감사하긴요. 감사는 제가 드려야 마땅합니다. 이렇게 귀한 따님을 훌륭하게 키우셨는데, 이제 보내시려니 얼마나 걱정이 많으시겠습니까?"

박지훈은 일부러 나이에 대해서는 언급하지 않았다.

주위 사람들 대부분이 26세에 결혼은 빨라도 너무 빠르다고 입을 모아 말하기 때문이었다.

"네……."

세영의 가족도 마찬가지였다. 이 자리에서 결혼할 사람들의 나이에 대한 언급은 마치 금기처럼 느껴졌다.

"사부인께서는 염려 붙들어 매셔도 됩니다."

"아휴…… 인수 군이 너무 훌륭하고 대단해서…… 어디 나무랄 게 없어서……."

'알긴 아네.'

"아닙니다. 그런 말씀하지 마십쇼. 자식들은 다 똑같고 다 귀합니다. 내 아들이 아무리 잘났다지만 사부인께서는 못 보시는 부족한 면이 분명 존재할 겁니다. 전 세영 양이 너무 좋습니다. 요즘 이렇게 예쁘고 착하고 예의 바른 딸이 세상천지 어디에 있겠습니까? 제가 정말 감사합니다."

"아니에요……."

최미연이 김선숙의 눈치를 보았다. 역시나 김선숙이 남편을 향해 눈을 치켜떴다.

'오메, 참말로. 이 양반이 오늘 으째 이란다냐? 내 아들이 뭐시 어디가 부족해?'

"사돈어른, 사부인. 건배하시죠? 그동안 정말 뵙고 싶었었는데, 오늘 이렇게 만나 뵙게 되어서 정말 반갑고 영광입니다!"

"저도 그렇습니다!"

"네, 감사합니다."

김선숙을 빼고 세 사람이 잔을 부딪치려고 하자, 인혜가 나섰다.

"엄마, 뭐해? 칠성주라도 채워서 들어야지."

"칠성주가 뭐시댜?"

"아따 사이다. 이렇게 센스가 바가지야."

'오메, 이 염병할 년까지 계속 염장을 지르네.'

"그래. 엄마 잔도 채워 드려라. 오빠 잔도, 언니 잔도. 너도 잔 채우고. 다 함께 건배해야지."

박지훈이 말하자, 인혜가 재빨리 엄마의 술잔에 사이다를 채웠다.

"엄마 들어."

김선숙은 마지못해 잔을 들어 올렸다.

"언니, 받으세용."

"네, 아가씨."

"오빠도 받아. 오빠는 소주?"

"아니, 내가 따라 줘야지."

김영국이 재빨리 나섰다.

"감사합니다."

인수가 두 손으로 잔을 내밀자, 김영국이 술을 따랐다.

"나도 칠성주."

인혜가 자신의 잔에 사이다를 채웠다.

"자, 됐지? 다시 건배! 두 사람의 앞날에 행복과 축복만이 가득하기를! 위하여!"

다들 잔을 부딪치려고 하는데 김선숙이 멈추었다. 그러니 모두의 손이 가다가 멈추었다.

"인수 아부지…… 어디 회식 자리 오셨어요?"

"이 사람이. 원래 이런 자리에서 두 사람 앞날을 위해 건배하고 그러는 거야. 자, 건배하시죠?"

술잔이 소심하게 다시 부딪쳤고, 박지훈과 김영국은 술을 주거니 받거니 하다 보니 자연스럽게 남자들만의 사업 얘기를 시작했다.

분위기가 좋아졌다. 인혜가 세영에게 결혼식장 예약과 웨딩드레스를 비롯한 야외 촬영에 대해 꼬치꼬치 묻자, 김선숙이 세영의 말에 귀를 쫑긋 세웠다.

"아가씨…… 아직요……."

"요즘 빨리빨리 잡아야 돼요."

"네, 알고 있어요."

"오빠 바쁘다는 핑계로 언니가 혼자 다 알아서 하는 거 아님?"

"아니요, 그런 건 아니고요……."

"말 나온 김에 네가 언니 좀 도와라."

"에이, 언니는 나보다는 친구들이랑 같이 돌아다니면서 알아보는 게 더 낫겠지. 그죠?"

"아니요…… 꼭 그런 건 아니고요."

"결혼식 축가 수연이 섭외하려면 날짜를 빨리 잡아야 되는데."

"수연이가 해 준데?"

인수가 반가워했다. 하지만 세영은 그리 반갑지 않았다.

"그러니까 날을 빨리 잡아야 한다고."

"알았어."

그때 인수의 전화기가 울렸다. 윤철에게서 걸려 온 전화였다.

[인수야! 기뻐해라! 드디어 잡았다. 와, 넌 정말 어떻게 이런 걸 다 예측해서 미리 준비할 수가 있는 거냐? 방금 영통의 김희수가 수하들에게 현상금을 걸었어. 동영상도 확보했다.]

"그래, 잠깐만. 저 잠시 전화 좀 받고 오겠습니다. 말씀들 나누고 계세요."

말을 하며 나가던 인수는 공간이 출렁거리는 이상현상으로 인해 고개를 갸우뚱거렸다.

"……?"

뒤돌아 세영과 가족들을 보니, 모두 다 느끼지 못했는지 자연스러웠다. 혼자만 느낀 것이다.

인수는 어떤 불안감에 휩싸여 세영의 표정을 살펴보았다. 그나마 어두웠던 세영의 표정이 밝아져서 다행이었다. 그런 세영의 얼굴을 보게 되니, 인수의 표정도 흐뭇해졌다. 불안한 느낌과는 달리 상견례가 잘 마무리될 것이라 생각하며 밖으로 나갔다.

하지만 김영국이 다섯 잔을 연거푸 비우면서 긴장의 끈이 풀렸나 하지 말아야 될 말을 하고 말았다.

"사돈어른, 여기 식당 괜찮으신지요?"

"네, 사돈어른. 아주 마음에 듭니다. 장소 잘 고르셨습니다. 음식도 맛있고, 조용하고 좋습니다."

"아! 그러고 보니 요 며칠 전 사업 때문에 여기서 시청 공무원을 만났는데, 우리 인수 군을 알더군요. 그래서 제가 얼마나 반갑고 기뻤던지 사위될 사람이라고 자랑을 했습니다."

"네?"

순간, 김선숙이 눈을 번쩍 떴다. 안면 근육이 굳어지다 못해 저절로 뒤틀렸다. 그렇게 인상을 구기며 눈을 치켜뜬 상태로 되물었다.

"시청 공무원 누구요?"

"아! 주택국 건축지원팀의 이진욱 팀장이라고요. 이 팀장도 얼마나 놀랐는지 주택국장님에게 바로 전했나 봐요. 인수 군은 정말 대단합니다. 주택국장님이 저에게 바로 전화를 다 해 오더라고요! 오히려 저에게 잘 봐 달라고 그러시는데 제가 정말 신기할 정도였습니다."

아뿔싸. 박지훈이 두 눈을 질끈 감고 말았다.

"잠깐만요."

"네? 사부인……."

"건축사업 하신다고 했지요?"

"맞습니다."

"그라믄 시청에 허가도 맡아야 하고 그라겠네요?"

"그렇죠?"

"여보세요!"

"네?"

김선숙이 탁자를 탁! 치며 소리치자 주위가 싸늘해졌다. 최미연은 깜짝 놀라 심장이 다 떨어지는 줄만 알았다.

세영도 마찬가지였다. 인혜가 이것저것 정신없이 물어 대니 옆에서 어른들께서 무슨 말씀들을 나누시는지 몰랐다.

맛있는 음식을 정신없이 먹으며 이야기를 나누던 인혜와 세영은 '이게 웬 날벼락이야?' 하는 표정으로 엄마를 보았다.

"오메…… 내가 환장하고 미쳐 불겠네!"

김선숙은 사투리를 터트리며 자신의 가슴을 치기 시작했다.

"사부인, 왜 그러십니까……."

"왜 그러십니까? 시방 터진 아가리라고 그런 말이 잘도 나오요?"

"네? 무슨 말씀을 그렇게……."

"여보!"

박지훈이 나섰다. 하지만 소용없었다.

"그라고는 뭐시 그라고여! 시방 남의 집 귀한 새끼 신세를 갖다가 확 조져 불 일 있소?"

"여보…… 일단 진정해……."

소리쳐도 안 되니, 박지훈이 사정하듯 손을 내리 흔들었다. 제발 진정하라고.

"뭐슬 가만히 있어라? 이짝이 시방 말하는 거 못 들었소?"

"어허, 이짝이라니! 당신 말을 그렇게 함부로 하면 안 돼! 뭔가 오해가 있으실 수도 있으니까……."

"오해는 무신 놈의 오해여! 시방 내 새끼 팔아서 사업한다는 거 아니여!"

마담뚜부터 시작해 주변의 많은 사람들이 김선숙을 자극시킨 부분이었다.

앞으로 두고 봐라. 정말 신경 써야 할 것이다. 잘난 아들 덕 보려고 사돈의 팔촌까지 인수 이름을 여기저기에 마구 팔아먹을 것이다.

안 떨어질 허가도 하늘의 별이 떨어지듯 떨어진다.

"사부인! 저는 그런 뜻으로 드린 말씀이 아닙니다!"

통화를 끝내고 화장실을 다녀온 인수는 밖에서 대화를 들었다. 장인어른이 위험한 발언을 시작할 때 뛰어 들어와서 입이라도 막았어야 했었다.

"엄마. 일단 진정하세요."

인수가 들어와 나섰지만 수습 불가였다.

"뭘 진정해? 나가 시방 진정하게 생겼냐? 니 이름 팔아먹었다는데 나가 시방 진정하게 생겼냐고!"

"여보!"

"뭐요!"

"조용! 일단 조용!"

"이 양반 봐라? 시방 나한티 뭐라 그러는 거여?"

"오버 그만해!"

"오버요? 나가 시방 오버라고라?"

"그래! 오버야!"

"어머니……."

세영은 울기 일보 직전이었다.

"사부인……."

"엄마! 지금 뭐 하자는 거야! 미쳤어?"

인혜까지 소리쳤다.

"뭐시여? 이 염병할 년이! 누가 누구 보고 미쳤대?"

이럴 때 보면 인수의 외할머니와 김선숙, 그리고 인혜까지 세 여자가 꼭 닮았다.

일단 성질이 나서 흥분하면 꼭지가 돌아 주변 사람들은 안중에도 없었다. 한데 참으로 특이하다면 특이한 것이 다른 사람들에게는 전혀 이러지 않는데, 가족끼리는 서로 못 잡아먹어서 안달인 것처럼 물어뜯고 싸운다는 것이다.

"엄마 지금 완전 미쳤거든?"

"오메 이 개 같은 년이!"

김선숙의 입에서 쌍욕이 튀어나오기 시작한 순간부터 주위가 싸늘해졌다. 모두의 표정이 놀라움을 넘어서 어이가 없다는 듯 허탈한 표정이었다.

최미연은 이미 당해 보아서 잘 알고 있었다.

"뭐여?"

김선숙도 어처구니가 없었다. 가만 보니, 여기 앉아 있는 모두가 자기를 이상한 사람으로 몰아가고 있는 것만 같았다.

가장 소중한 아들의 표정도, 남부끄럽다는 표정으로 고개를 숙이고 있는 남편의 저 자세도.

진짜 못 봐주겠네, 하며 노려보는 인혜의 두 눈도.

고개를 돌려 시선을 외면하고 있는 세영의 태도도.

"뭐여…… 다들 뭐시여……."

김선숙은 정신을 차렸지만, 세상에 홀로 떨어진 기분이었다. 실망스럽다는 아들의 표정을 본 순간, 눈물이 핑 돌았다.

다른 사람은 다 몰라도, 아들까지 나에게 이러면 안 되는 것이었다.

내가 지금 누구를 위해 이러는 것인데.

배신감에 휩싸였고, 참을 수 없는 분노가 치밀어 올랐다.

"그래…… 나가 미친년이었구먼…… 나 하나만 사라지믄 쓰겄구먼. 그런 거여?"

"아니 그게 아니고! 이 사람아, 지금 이 자리가 어떤 자린데!"

"됐어라. 내가 확 디져불든지 해야지."

그 말을 남기고 김선숙은 밖으로 나가 버렸다.

"저 사람이! 어딜 가! 아이고, 죄송합니다."

박지훈이 재빨리 사과한 뒤 일어서서 뒤따라 나갔지만, 남아 있는 사람들에게 돌아오는 건 문 앞에서 두 사람이 주고받는 언성뿐이었다.

김선숙이 문을 열고 나가려 하면, 박지훈은 강제로 아내의 팔을 붙잡아 다시 식당 안으로 끌어들였다.

"들어가!"

"못 들어가!"

급기야 박지훈의 입에서 "내 얼굴 다시는 안 볼 거면 가!"라면서 이혼까지 언급되며 난리가 났다.

서로 언성을 높이는 두 사람의 목소리가 안에까지 다 들려왔다.

"손님…… 진정하세요. 여기서 이러시면 안 돼요……."

식당 관계자도 사정을 하며 부탁했다.

인수는 세영이 걱정되어 세영의 얼굴을 보았다.

세영의 시선은 초점이 흐트러진 채로 멍하니 한곳에만 머물러 있었다. 세영은 인수가 자신을 보고 있는지도 몰랐다.

그러다 문득 세영은 엄마가 걱정되어 고개를 들어 올리다가 인수를 보았다.

미안해.

인수의 눈이 말했다.

아니야.

세영이 고개를 설레설레 저었다.

우리 이제 어떡하지? 어떻게 하는 게 좋을까?

세영이 소리 없이 물었다.

사람은 역시 끼리끼리 만나야 하나 봐.

세영의 마음이 온통 포기라는 단어에 사로잡혀 있었다. 인수는 화이트존을 통하지 않아도 세영의 마음이 읽혀졌다.

인수가 재빨리 나섰다.

"두 분께 제가 사과드리겠습니다. 죄송합니다."

인수가 사과를 하자, 김영국은 정신이 번쩍 들었다. 최미연도 정신이 들었는데, 오히려 남편을 나무라기 시작했다.

"당신은 왜 그런 쓸데없는 소리를 해서 사부인을 저렇게 화나시게 만들어요? 이제 어떻게 할 거예요? 네?"

"엄마……."

세영은 깜짝 놀랐다. 아빠가 아무리 잘못했다고는 하지만 어머님도 상견례에서 이러시면 안 되는 것이었다.

"그러게. 내가 말을 잘못했네. 내가 왜 그런 쓸데없는 소릴 했나 모르겠네. 미쳤지, 내가 미쳤어. 자네 어서 어머니께 가 봐. 내가 용서를 빌고 싶다고 전해 드리게나. 아니지, 내가 지금 당장 나가서 무릎을 꿇고라도 용서를 빌어야겠어!"

"아빠!"

"그래요. 당신 빨리 일어나요! 식당 나가시기 전에 빨리 일어나서 사과드려요!"

"엄마!"

세영이 소리쳤지만, 안중에도 없었다.

두 사람은 이 결혼이 이대로 깨질까 봐 전전긍긍할 뿐이었다.

"아니요. 두 분 그러시지 마세요."

인수의 말에 모두가 입을 닫았다. 이미 엎질러진 물이라고 말하는 것만 같았다.

하지만 인수의 말은 그것이 아니었다.

"장인어른께서 잘못하신 거 없습니다. 지금 중요한 건 시간입니다. 시간을 좀 주세요. 시간이 필요한 문제입니다."

그때 인혜는 문자를 보내고 있었다.

-분위기? 야. 울 오빠 결혼 파투 나게 생겼다.-

-……?-

수연이었다.

"아니야. 당장 사과해야지. 내가 이 혀를 잘라 버리든지 아니면 주둥아리를 꿰매 버리든지 해야지."

"당신 정말 왜 그랬어요! 내가 못살아!"

세영은 부모님의 비굴한 모습에 멍해졌다가 울컥하며 올라오는 감정을 추스르지 못해 저절로 눈물이 새어 나와 버렸다.

김영국이 손등으로 눈물을 훔치는 딸의 모습을 보았다.

"세영아, 아빠가 미안하다. 아빠가 큰 실수를 했어."

"아니야…… 그런 게 아니야……."

"이 일을 어째……."

"그런 거 아니라고!"

세영이 속상해 울며 소리쳤다. 정작 뛰쳐나가고 싶은 사람은 자신이었다.

하지만 그러면 안 되는 것이기에 폭발해 버릴 것만 같은 감정을 애써 억누르는 중이었다.

울지 말자. 바보처럼 울지 말자.

그 모습이 인수의 눈에는 눈물을 집어삼키는 것으로 보였다.

되돌려야 한다.

우우웅.

인수는 즉시 서클을 회전시켰다.

화이트존이 생성되며 식당 전체를 집어삼켰다.

시도는 해 봐야만 했다. 실패하더라도, 위험하더라도 시도해야 했다.

인수는 내공을 끌어올려 회전하고 있는 서클과 충돌시켰다.

콰앙!

서클의 회전이 빨라졌다.

고속회전을 넘어서 폭주를 시작했다. 통제하지 못하면 무슨 일이 일어날지 모른다.

쿠아아앙!

화이트존이 일그러졌다.

인수의 의지에 의해 동영상이 뒤로 재생되는 것처럼 식당 안의 시간이 거꾸로 흘렀다.

화이트존의 시간은 과거, 현재, 미래가 직선이 아닌 서로

맞물린 상태의 원과도 같다.

인수가 시간을 거꾸로 돌리자, 종업원들이 뒷걸음으로 이동했다. 엄마를 쫓아나갔던 아빠가 뒷걸음으로 되돌아왔고, 자리를 박차고 나갔던 김선숙도 뒷걸음으로 되돌아와 자리에 앉았다.

'조금만 더.'

되돌리는 과정은 성공적이었지만, 원하는 지점에서 통제를 하지 못해 폭주를 막지 못하면 위험했다. 바수라처럼 뇌가 폭발해 죽을 수도 있는 문제였다. 인수는 불안정하게 날뛰고 있는 내공부터 안정시켜야만 했다.

'크윽!'

이대로 계속되면 단전이 깨져 버릴 것만 같았다. 내공이 미친 듯이 날뛰며 단전을 때려 끔찍한 충격을 가해 왔다. 온몸의 세포가 전투태세로 돌입한 듯, 아드레날린이 쏟아지듯 분비되어 온몸의 혈관을 수축시켰다. 커다랬던 혈관의 구멍이 곧 막힐 듯 좁아졌다. 심장이 폭발적으로 뛰는 것이 엄청난 혈액을 화산 분화구처럼 분출해 냈다.

기의 흐름은 강물을 타고 흐르는 바람과도 같은 것.

혈액을 타고 흐르는 물처럼 같은 속도로 돌기도 하지만, 기의 작용은 그 혈액의 흐름을 빠르게 할 수도 있다.

하지만 혈관은 수축되어 막히고 있는 것과 반해 심장은 폭발적으로 요동치며 과도한 양의 혈액을 내보내니, 오갈

곳 없는 혈액과 막혀 버린 기로 인해 혈압이 무서운 속도로 상승했다.

뇌 압력도 높아지기 시작했다. 두 눈이 빠져나와 버릴 것처럼 튀어나왔다.

끔찍한 두려움과 함께 참을 수 없는 고통이 밀려왔지만 이를 악물고 버텨야만 했다.

우웅, 우우웅.

다행히도 내공이 안정되며 단전에 자리를 잡았다. 이제는 서클을 통제할 차례.

서클의 통제에 들어가자, 폭주하던 서클의 회전속도가 줄어들기 시작했다. 일그러지고 변형되었던 화이트존도 완벽한 구체의 모습을 갖추며 안정되었다.

화이트존 안에서 거꾸로 흐르던 시간이 서서히 멈추었다.

"그래, 잠깐만. 저 잠시 전화 좀 받고 오겠습니다. 말씀들 나누고 계세요."

자신이 윤철의 전화를 받고는 밖으로 나가는 시간으로 되돌아온 것이다.

툭.

그때 홀로그램처럼 손에서 전화기가 빠져나가 떨어진 순간, 인수는 서클의 회전을 멈추며 화이트존을 거두어들였다.

우우웅, 우우우웅.

화이트존이 사라졌다.

"왜 그래?"

아빠가 물었다.

전화기가 바닥에 떨어져 있었다.

'휴우.'

인수는 속으로 안도의 한숨을 내쉬었다.

"아, 놓쳤어요."

전화기를 주워 들고는 밖으로 나간 인수는 두 주먹을 불끈 쥐었다. 하마터면 전화기가 부서질 뻔했다.

타임워프에 성공한 것이다. 의지와는 상관없이 이루어졌던 화이트존 안의 시간 통제가 이제는 가능해진 것이다. 물론 위험이 수반되기도 했고, 과거에만 국한되는 것인지 아니면 미래의 어디까지 해당되는 것인지는 앞으로 확인이 필요한 문제였지만.

"……!"

인수는 이제야 깨달았다.

시간을 되돌리기 전, 전화기를 들고는 밖으로 나갔을 때 파동처럼 느껴졌던 출렁거림의 정체는 바로 미래의 자신이 시간을 되돌리는 과정에서 일어난 현상이었던 것이다.

인수는 윤철에게 지시를 내렸다.

"그 내용 동영상과 함께 엠비엠에 먼저 익명으로 제보해."

[서주은한테 직접?]

"아니. 보도국장에게 먼저."

[오케이.]

"그래, 수고."

서둘러 전화를 끊은 인수는 화장실을 가지 않고 다시 안으로 들어갔다.

"아, 그러고 보니! 요 며칠 전 사업 때문에 여기서 시청 공무원을 만났는데 우리 인수 군을 알더군요. 그래서 제가 얼마나 반갑고 기뻤는지……!"

"사일런스."

인수는 자리에 앉으며 즉시 장인어른의 입을 봉인해 버렸다. 가족을 대상으로는 마법을 사용하고 싶지가 않았다. 하지만 내 결혼을 방해한다면, 누구라도 예외는 없었다.

"읍, 읍읍!"

'오메, 저 양반 말하다 말고 으째 저런다냐?'

"아, 그때 아버님께서 말씀하시더라고요. 반가웠지만 일부러 이렇게 입을 꾹 다물고 참았다고요. 맞죠, 아버님?"

"읍, 읍읍!"

"오메, 참말로 그래야지라. 시청 공무원한테 울 아들 이름을 함부로 팔고 그라믄 안 되지라."

김선숙은 김영국이 연기를 하는 줄로만 알았다. 아는 체를 하고 싶었지만 이렇게 꾹 참았다고.

'오메, 그래도 귀여운 구석이 있는 양반이네.'

인수는 재빨리 마법을 해제했다.

"후!"

김영국이 턱관절을 이완시키며 고개를 갸우뚱거렸다.

"갑자기 말이 안 나와서 혼났습니다."

"맞습니다. 사돈어른. 검사라는 위치가 그렇게 공무원들과 엮이면 안 되니까 말이 안 나와야지요."

"아, 하하하. 그런가요?"

김영국은 여전히 턱관절을 이완시키며 당황해할 뿐이었다. 저절로 고개를 설레설레 저었다.

"그럼요."

김선숙이 맞장구를 쳤다.

인수는 세영의 얼굴을 보았다. 세영의 표정이 밝아지긴 했지만, 여전히 먼저 꿇리고 들어가는 부모님의 태도로 인해 마음이 쓰이는 것은 어쩔 수가 없었다.

그래도 인수는 한시름을 놓았다.

상견례 분위기가 조금씩 좋아졌다. 김선숙이 웃으며 남편의 흉을 보기도 했다. 젊었을 때는 허구한 날 밖으로만 나돌고 집안일 한 번 안 도와주더니, 이제 와서는 설거지 한 번 하면 온갖 잔소리를 다 한다고.

"사부인, 바깥양반들 나이 자시면 다 그런가 봐요. 호호호."

최미연도 그나마 마음이 편해져서 조심스럽게 웃었다.

인혜가 수연에게 문자를 보냈다.

-분위기? 사실 좀 그래. 이분들 우리 집이 뭐라고 넘 어려워하시네. 울 오빠가 대단하긴 한가 봐.-

-그래.-

◇ ◆ ◇

오산병원 흉부외과 72병동.

상견례 이후, 세영은 일에만 집중했다. 환자들을 정성껏 대하고 돌보는 것만이 결혼에 대한 부담감을 떨쳐 낼 수 있는 유일한 길이었다.

반대로 인수는 세영에게 전보다 전화를 자주했지만, 세영은 최근 인수의 전화를 피하며 받지 않았다.

-조금 생각할 시간이 필요해. 나 배려해 줄 수 있지?-

이 문자를 보낸 뒤, 속상하다는 인수의 문자에 답하지도 않은 지도 어느덧 일주일을 넘겼다.

말은 생각할 시간이 필요하다고는 했지만, 실상 생각은 거의 하지 않았다.

그저 일중독에 걸린 사람처럼 일만 하며 살았다.

집에 돌아오면 피곤에 지쳐 쓰러지듯 잠을 자는 생활만 반복했다.

그로부터 3일이 더 지난 뒤, 오후 근무를 마치고 집에 돌아온 세영의 집에는 인수가 와 있었다.

아무렇지도 않은 듯, 그동안 아무런 일도 없었다는 듯 태연하게 앉아 아빠와 술 한잔을 하고 있는 모습을 보며 세영도 아무렇지도 않은 듯 행동했다.

하지만 그 이상한 기류는 눈치 없는 김영국도 뭔가 이상한 낌새를 알아차릴 정도로 차가웠다.

그러니 인수와 세영 그 어느 쪽에도 결혼 준비에 대해 함부로 물어보지를 못했다.

"딸, 밥은 먹었어? 이리 와 앉아라."

김영국이 슬쩍 세영을 불러 자리에 앉히려 했다.

"피곤해요. 저 들어가서 쉴게요."

하지만 세영은 피곤하다는 핑계를 대며 방으로 들어가 버렸다.

"들어가 봐."

김영국이 인수에게 눈치를 주었다.

"아닙니다."

"왜? 어서 들어가 봐."

"문 잠그는 소리 들리던데요?"

"그래도 노크하고 들어가 봐."

223

"그럼, 들어가 볼까요?"

주방에 서 있던 최미연도 턱으로 눈치를 주었다. 어서 들어가 보라고.

똑똑.

인수가 노크를 했지만, 안에서는 대답이 없었다.

그때 문자가 왔다.

-피곤해. 쉬고 싶어.-

문자를 확인한 인수가 다시 김영국의 앞자리로 돌아와 앉으며 소주를 비웠다.

"크, 쓰네요."

"둘이 왜 그래?"

김영국이 술을 따라 주며 물었다.

"저도 모르겠습니다. 여자들은 늘 화가 나 있는 것 같습니다."

"맞아."

김영국이 말하며 아내의 눈치를 보았다. 최미연이 주방에서 '저 사람이!' 하는 표정으로 보고 있었다.

아빠가 되어가지고는, 저렇게 딸의 마음을 모른다는 뜻이었다.

다음 날도 역시나 세영은 집으로 찾아온 인수를 보지 않고, 일부러 찬바람을 일으키며 방으로 들어가 문을 걸어 잠갔다.

김영국은 세영이 왜 저러는지 이해하지 못했다. 하지만 최미연은 결혼을 앞둔 딸의 심정을 이해했다.

인수는 시간이 약이라고 생각했다.

마치 엄청난 갑을 상대하는 힘없는 을과 같은 부모님의 모습에 속이 상한 세영을 위해 자신이 나서서 할 수 있는 것이 없었다.

이럴 때면 서로 만나자마자 불꽃이 튀듯 무섭게 사랑에 빠져들었던 그때가 그리웠다.

이러려고 내가 그렇게 열심히 준비하고, 최선을 다해 살아왔나 싶을 정도였다.

"여자라는 동물이 원래 그래. 이 남자를 말이야, 애타게 만드는 데 본능적으로 타고났어. 선수야."

"여보……."

최미연은 남편이 참 속이 없다고 생각했다. 정말 미웠다.

"자네 신경 쓰지 마. 어디 큰일 하는 사람한테 말이야. 내 조만 해도 시원찮을 판에…… 흭!"

세영이 방문을 열고는 서 있었다.

"흠흠!"

소주를 들이켜던 김영국이 헛기침을 터트렸다.

세영이 다시 문을 닫고는 들어갔다.

"아니, 저 녀석이! 사춘기 때도 안 하던 짓을!"

"여보!"

결국 최미연이 남편을 향해 소리쳤다.

"왜? 왜 소리를 치고 그래?"

김영국은 자신의 잘못을 알면서도 딴청을 피웠다. 최미연이 '당신 이따가 인수 가고 나면 나 좀 보자!'는 투로 노려보았다.

사람의 심리는 참으로 이상했다. 특히 남자의 심리란.

처음으로 자신을 내미는 것 때문일까?

인수는 신기하게도 방문을 열고 서 있었던 세영의 모습에 달려가 품고 싶다는 강한 욕망을 느꼈다.

대충 흐트러진 머리스타일과 가벼운 티셔츠에 짧은 반바지 차림이 유난히 섹시해 보인 것이었다.

귀환하기 전이나 지금이나 세영을 향한 인수의 사랑은 똑같이 뜨거웠다. 세영이 지금이라도 당장 문을 열어 주면 달려들어 옷을 벗어 던지고는 세영의 육체를 탐하며 뜨거운 사랑을 나누고 싶었다.

하지만 세영은 여전히 차가울 뿐이었다.

"저 그만 들어가 보겠습니다."

인수가 인사를 하고는 자리에서 일어서자, 김영국은 똥줄이 타들어 가기 시작했다.

"저 녀석 당장 나오라고 해야지 안 되겠네."

"아닙니다. 잠들었나 본데 그러지 마십쇼. 어머님, 저 들어가 볼게요."

인사를 마친 인수는 도망치듯 집을 빠져나왔다.

세영은 이불을 뒤집어쓰고 있었다.

집 안의 그 누구와도 말을 섞고 싶지가 않았다.

그나마 세영이 마음을 터놓고 대화를 나눌 수 있는 상대
는 민숙이었다.

세영은 민숙과 나누었던 문자를 다시 확인해 보았다.

그때는 몰랐지만 지금 다시 보니 의미심장한 말이 있었
다.

-그래서 사람은 끼리끼리 만나야 돼.-

-그런가?-

-그래도 이 가시나야. 어쨌든 넌 복에 겨운 거야.-

하지만 민숙도 세영의 고민을 잘 들어주다가도 마지막에
가서는 가시나가 복에 겨워 그런다며 세영을 나무랐다.

그러니 세영은 일에만 집중할 수밖에 없었다.

화장도 하지 않았다. 인수가 사 준 하나밖에 없는 가방이
라든지 모두가 부러워하고 탐을 내는 진귀한 귀금속과 장
신구들도 사용하지 않았다.

그냥 당분간은 인수에게서 멀어져 혼자만의 시간을 보내
고 싶었기 때문이었다.

인수는 참기가 힘들었지만, 세영을 위해 얼마든지 이해
하고 배려해 줄 수 있었다. 하지만 걱정되는 마음에 몰래
병원을 찾아가 보기도 했다.

세영을 보기 위해 72병동을 찾은 인수는 환자들에게 친절하고 정성을 다해 일하는 세영의 밝은 표정을 보고는 돌아섰다.

인수가 뒤돌아설 때, 세영은 심장수술을 받은 퇴원 환자에게 퇴원 수속과 퇴원 후 주의사항 그리고 통원치료에 대해 알려 주고 있었다.

"어머니. 집에 가시면 변을 못 보실 수가 있어요. 변을 못 보면 소변도 막혀서 굉장히 고통스러울 수가 있으니까 관장을 하셔야 하는데, 보호자분은 아드님만 계세요? 따님 없으세요?"

"응…… 딸 없어. 그래도 울 아들이 효자여…… 관장 잘해…… 저번에도 해 줬어."

"그러면 걱정 안 해도 되겠다."

세영이 퇴원 환자의 보호자인 아들을 보니 착하게 생겼고 성실해 보여 안심이 되었다.

"간호사님, 퇴원하기 전에 울 엄마 가슴 상처 드레싱 한 번만 더 해 주시면 안 될까요?"

"드레싱 자주 하는 것도 안 좋은데요. 언제 하셨죠?"

"아침에요."

"아휴, 그러면 내일 집에서 하시면 됩니다. 제가 드레싱 도구 챙겨 드릴 테니까 그거면 다음 통원치료 때까지 충분할 거예요."

"무서운데요……."

"아드님 관장도 잘하신다면서요."

"울 엄마가 그래요?"

"방금 그러시던데요?"

"에이, 엄마가 하는 말이죠. 남자가 그걸 어떻게…… 저 못해요. 드레싱도 그렇고……."

"드레싱은 제가 시범을 다시 보여 드릴 테니까 잊지 마시고 내일 오전…… 음…… 10시. 10시가 좋겠다. 10시에 어머니 드레싱 해 드리세요. 아셨죠? 걱정 마시고요. 잘하실 거면서."

세영이 환자가슴을 향해 드레싱을 하는 시범을 보여 주었다.

"간호사님은 참말로 참하네…… 근데 남자 친구 있어?"

"네."

세영이 웃으며 대답했다.

"그래……."

환자는 아들의 얼굴을 올려다보며 아쉽다는 표정을 지었다.

"엄마는 왜 그런 걸 묻고 그래. 근데요, 간호사님."

"네?"

"솔직히 저 두려운 게 사실이고요. 무슨 응급한 일이 발생했을 때 병동 전화보다는 간호사님에게 전화를 드리고 싶은데요. 괜찮으실까요?"

"수간호사님 전화번호 있으시잖아요?"

"그게 좀…… 무뚝뚝……."

"아…… 그러시다면 제 번호 알려 드릴게요. 아무튼 퇴원
하시면서 집에 들어가시기 전에 꼭 관장약 사 두셔야 돼요?
아셨죠?"

"네!"

심장병으로 인해 흉부를 열고 대수술을 받은 환자들은
퇴원 때가 되면 불안한 것이 사실이었다.

대학병원은 의료현황상 입원실이 부족한 문제로 어쩔 수
없이 회복 기간 중에 환자를 퇴원시켜야 했다.

특히 완치되지 않은 중증환자를 집에 두고 간호를 해야
하는 보호자들은 예측하지 못한 응급 상황이 발생하는 것
에 대해 두려워했고 의지할 곳이 필요했다.

바로 세영처럼 친절한 간호사였다.

세영이 간호사실로 돌아왔을 때 선배 간호사인 최 간호
사가 설문지를 세영의 눈앞에서 흔들었다.

"이거 봐봐. 또 김세영이야."

"음…… 당연한 거 아닌가요?"

"어우, 이제는 뻔뻔하기까지."

"부러우면 언니도 친절하게 대해요."

트리니티 레볼루션
Trinity
Revolution 5

"나도 친절하단 말이야!"

"더 친절하게요."

"너!"

"꺄악!"

최 간호사가 손가락을 마귀처럼 앞세워 달려와 간지럼을 태우기 시작했다.

"이년아, 도대체 결혼할 사람은 언제 보여 줄 거야?"

"사진 보여 줬잖아요!"

세영은 간지러움으로 인해 숨이 넘어갈 것만 같아 겨우 소리쳤다.

"사진 같은 소리하고 자빠졌네?"

"다음에!"

"매번 다음이야? 대답해. 안 그러면 못 벗어나."

"언니! 진짜 다음에! 제발!"

세영이 숨이 넘어갈 것처럼 깔깔거리다가 그 손에서 겨우 벗어나 도망쳤다.

"근데 아까 근사한 남자가 너 일하는 거 뒤에서 보더니 돌아서서 가더라? 맞아. 틀림없어."

"......?"

"네 애인 말이야. 실물이 더 잘생긴 거 같더라. 눈이 이렇게 찢어지긴 했는데, 잘 생겼고 키도 크고 멋지던데? 서울대 출신의 대한민국 검사가 그렇게 잘 생기기까지 하면 반칙

아냐? 하긴 네 눈에 다른 남자가 눈에 하나도 안 들어올 만
도 하더라."

"……."

"그래도 결혼은 일러."

최 간호사가 설문지에 적힌 세영의 이름을 보며 혼자 중
얼거렸다.

퇴원 환자들이 작성하는 병원 환경 개선을 위한 설문지
에는 가장 친절한 간호사의 이름을 적는 추천란이 있었는
데, 그곳에는 항상 김세영 간호사의 이름이 적혔다.

한마디로 인기 만점인 간호사인 것이다.

"근데 너 위로 발령 나면 난 이제 어떡하니?"

"언니."

"응?"

"언니는 지금 날 걱정해 주는 거야? 아님 언니를 걱정하
는 거야?"

"둘 다! 어쨌든 나도 싫지만, 너도 정말 싫겠다."

"힝, 나도 싫어. 언니랑 헤어지기 싫어."

세영이 와락 안겨 오자, 최 간호사도 얼싸안았다.

세영은 수간호사로부터 VIP병실 1호실로 부서발령이 날
것이라는 말을 전해 들었었다.

"근데 그 환자 소문 들었어?"

"뭐 대충은……."

"아무튼 사람은 돈 많고 봐야 돼. 미친 사람이 정신과 병동에 있어야지, 왜 거기에 있는 거야. 이거 밖에서 알면 병원도 타격이 클걸?"

"……."

"네 잘난 남친에게 힘 좀 써 달라고 해 봐."

"어머, 무슨 소리야."

"그래야 우리 안 헤어지지! 정신과 병동에 입원했다는 기록을 없애 주려고 VIP룸에 넣어 주는 것은 문제가 굉장히 커."

"하긴."

퇴원 후에도 환자들을 대하는 세영은 늘 한결같았다.

환자든 보호자든 전화가 오면, 세영은 항상 그들의 전화를 친절함과 반가움 그리고 걱정해 주는 마음으로 성실히 응대했다. 그들이 안쓰럽기 때문이었다.

세영은 부서 발령에 대한 말을 전해 들었을 때 스스로에게도 질문해 보았다.

내가 과연 그런 환자까지도 성심성의껏 돌볼 수가 있을까?

일단은 부딪쳐 볼 일이었다.

그리고 오늘, 세영의 전화번호를 입력한 퇴원 환자의 보호자인 송대식은 기쁨으로 뛰는 가슴을 주체하기가 힘들 정도였다.

그동안 어머니에게 말 한마디라도 따뜻하게 건네주고, 진심으로 환자를 걱정해 주는 마음으로 칠전하게 대해 주었던 김 간호사를 다시 보게 되었는데, 어느새 남몰래 짝사랑을 시작해 버린 것이었다.

　송대식의 눈에 세영은 천사 그 자체였다.

제45장. 끼리끼리

트리니티 레볼루션
Trinity
Revolution

제45장. 끼리끼리

퇴근을 하는 세영에게 한 통의 전화가 걸려 왔다.

"내가 너무 내 생각만 했나……."

전화기가 울리자, 인수에게 미안한 마음이 먼저 들었다. 호주머니 속에서 전화기가 진동하자 세영은 인수의 전화라고만 생각했다.

하지만 액정화면을 보니 모르는 번호였다.

"여보세요?"

[김 간호사님!]

"아, 네!"

[저 송대식! 그러니까, 그 김영분 환자 보호자입니다!]

남자의 목소리는 다급했다.

"아! 네! 무슨 일이세요?"

[어머니가! 지금 너무 힘들어하세요!]

"왜요? 환자분 상태가 어떠신데요?"

[또, 똥을 못 싸요! 아니, 아니! 오줌도 못 싸요! 울 엄마 너무 고통스러워해요! 어떡하죠? 어떻게 해야 돼요?]

"그게 변비가 오실 거라고…… 제가 말씀드렸잖아요. 소변은 언제부터 못 보셨어요?"

[오전부터요!]

"오전이요? 아이고, 이를 어쩌. 여기 병원에 계셨으면 바로 관장 들어갔을 텐데…… 집에 관장약 사 두셨죠?"

[아니요……]

"네? 제가 분명 말씀드렸는데?"

세영의 말투가 말을 잘 안 듣는 초등학생을 혼내는 듯했다.

[그게…… 병원에서 처방해 준 변비약 있잖아요?]

"네."

[그 변비약 드시고는 생각보다 변이 잘 나온다고 해서…… 죄송합니다! 아무튼 지금 울 엄마 곧 죽게 생겼는데 어떻게 해야 합니까! 제발 도와주세요!]

"저한테 전화할 게 아니라 가까운 병원으로 모시고 가셨어야죠."

[다녀왔어요! 동네병원 찾아 갔는데 이놈들이 중증환자

238　트리니티 레볼루션
Trinity
Revolution 5

라고 다 무서워하면서 외면하지 뭡니까! 더 큰 병원으로 가야 한다면서요! 아, 그러게 완치도 안 된 환자를 막 내보내는 법이 어디 있습니까?

"후…… 혹시 댁이 어디예요?"

[여기 수유입니다! 먹자골목 쪽이요!]

"일단 약국에서 관장약 사 두세요. 지금 제가 택시타고 갈게요."

[감사합니다! 정말 감사합니다! 엄마! 김 간호사님 오신데! 좀만 참아!]

끙끙 앓는 환자의 목소리가 수화기 저편에서 들려왔다.

"택시!"

세영은 즉시 손을 들어 택시를 잡아탔다.

관장약이 들어가고 10분을 겨우 참은 환자는 화장실로 들어가자마자 문을 연 채로 대소변을 함께 보았다.

쾅쾅 쏟아지는 소리가 시원하게 들릴 정도였다.

"아이고 이제 살겠네!"

"엄마! 이제 괜찮아?"

"그래. 아주 그냥 혼쭐이 났네. 나 정말 죽는 줄만 알았어."

"김 간호사님! 정말 감사합니다! 간호사님 아니었으면 울엄마 진짜…… 고통스러워하는데 옆에서 지켜보는 내가 다죽을 뻔했습니다."

"감사하긴요. 세상에 공짜가 어디 있나요?"

"아……."

풋.

세영이 웃고 말았다.

"농담입니다. 어머니 잘 돌봐 드리세요."

"가시게요?"

"가야죠, 그럼."

"간호사 아가씨, 여기까지 오셨는데 식사라도 하고 가세요."

"엄마…… 문이라도 좀 닫고……."

"아이고 내 정신 좀 봐."

너무 정신이 없어서 문을 연 채로 일을 보았다. 송대식이방문과 연결된 화장실 문을 닫자, 세영이 웃고 말았다.

"그럼 저는 이만 가 볼게요."

"김 간호사님, 정말 감사합니다. 제가 이 은혜를 어떻게갚아야 할까요? 제가 언제 밥이라도 사 드리고 싶습니다.꼭이요, 꼭!"

"아휴, 그러지 않으셔도 됩니다."

"제가 너무 고마워서 그래요."

"괜찮습니다. 어머니께 더 신경 쓰세요."

세영은 밖으로 나가기 전에 좁은 집안을 둘러보았다.

지지리 궁상이라는 표현이 딱 어울릴 정도로 생활고에 시달리고 있는 흔적이 역력했다.

문득 세영은 이런 비슷한 방에서 자신이 핏덩어리에게 젖을 먹이며 힘들어했던 기억이 떠올라 휘청거리다가 주저앉을 뻔했다.

"김 간호사님?"

송대식이 깜짝 놀라 부축을 해 주었다.

"괜찮아요……."

세영이 감사하다며 고개를 숙이는데, 송대식의 손이 자신의 팔을 붙잡고 있는 것을 보았다.

송대식이 화들짝 놀라 그 손을 뺐다.

"빈혈인가요?"

"아니요. 그런 게 아니라…… 그럼."

세영이 인사를 하고 나가려다가 구석을 보았다. 책들이 잔뜩 쌓여 있었고 그 옆에 컴퓨터가 자리 잡고 있었는데, 모니터의 화면을 보니 문서작업 중이었다.

세영은 모니터를 들여다보았다. 가만 보니 소설이었다.

"작가님?"

"아…… 부끄럽습니다."

"와, 대단한 일 하시네요."

"아닙니다. 대단하긴요."

"대단하죠. 저는 자기소개서 쓰는 것도 너무 어렵던데. 머리에 막 쥐가 나요."

"저도 자기소개서는 힘듭니다."

"아! 자기소개서가 힘든 거였구나."

"맞습니다."

"호호호!"

세영은 웃다가 자신의 웃음소리에 깜짝 놀랐다.

"저 그럼 이만……."

"네……."

송대식은 밖으로 나와 세영을 배웅해 주었다.

갑자기 덥석 손을 잡아와서 깜짝 놀랐는데 꾸깃꾸깃한 만 원 지폐가 한 장 남겨져 있었다.

"택시비입니다."

"아휴, 괜찮아요!"

"안 됩니다. 받으세요. 받으셔야 합니다. 택시! 택시!"

송대식은 택시를 잡아 뒷문을 열어 주었다.

"제가 넘버 확인했습니다. 조심히 들어가세요."

"네, 고마워요. 택시비 잘 쓸게요."

세영이 택시에 올라탄 뒤 손을 흔들어 주었다. 떠나는 택시를 보며 송대식도 손을 흔들다가는 그 손을 내려다보았다.

세영의 손이 무척이나 따뜻했었는데, 그 느낌이 여전히 남아 있었다.

그 뒤로, 밥을 한 끼 꼭 사야겠다며 송대식이 문자를 보내왔다. 어머니가 굉장히 빠른 속도로 회복하고 있다는 반가운 소식과 함께.

하지만 3년 동안 열심히 썼던 글이 결국 자빠져서 속이 상하다고.

-제가 오히려 밥을 사 드려야겠네요. 힘내세요, 작가님!-

세영이 송대식에게 보낸 문자였다.

"뭐야? 너 지금 누구한테 문자질이야?"

"신경 끄세요."

민숙이 세영의 전화기를 빼앗아 보려다가 실패해서 눈을 흘겼다.

"너 빨리 이실직고 안 해? 뭔가 수상해?"

"야."

"응?"

"난 있잖아…… 왜 힘들어하는 사람들을 보면 마음이 쓰이지? 막 잘해 주고 싶어."

"그 모성애가 지금의 김 간호사를 만들었나 보지."

"그런가? 이런 게 모성앤가?"

"너도 널 모르면 누가 널 아니?"

"그러게……."

"근데 너 어렸을 땐 이러지 않았는데."

"내가 뭘?"

"내가 뭘? 나 참, 넌 가시나란 애가 선머슴 같았잖아. 운동도 잘하고 여자애들보다는 남자애들이랑 잘 놀고. 나뭇가지로 막 땅 파면서 신기한 거 발견했다고 그러고. 이상한 책도 많이 찾아보고 그랬잖아?"

"내가 그랬나?"

"그랬지."

"그때는 뭐……."

민숙의 말대로 초등학교 때는 선머슴 같았던 세영은 중학교를 졸업할 때부터는 백마 탄 왕자를 꿈꾸기도 했었다. 내 삶을 바꿔 줄 누군가를 만나고 싶었고, 그 상대와 함께 남들이 해 보지 못하는 엄청난 일들을 하고 싶었었다.

하지만 사람은 변해 간다.

"사람은 변하는 거야."

"그럼요. 당연한 거죠. 근데, 미래가 화창하고 걱정이라고는 눈곱만큼도 없는 너의 박 검사님은 요즘 지쳤나 봐? 지금쯤 전화든 문자든 와야 하는 거 아니야?"

"바쁠 거야."

"그만 못되게 굴고 이왕 하는 결혼 이제 그만 맘 잡고 준비나 착실하게 해, 이 가시나야. 그러다가 복덩이 놓친다."

"너도 속물이야."

"이 가시나가 기껏 편들어 줬더니."

"됐어, 가시나야."

"하긴 아직은 결혼할 나이가 아니긴 하지."

"시끄럽다."

"오! 결혼하고 싶은 맘이 아주 없는 건 아닌가 보지?"

민숙이 놀리자 세영이 확, 하며 주먹을 들었다.

"넌 친구도 아니야. 나쁜 년."

"내가 나쁜 년이 아니라 네가 지금 복잡한 거야."

"그만해……."

민숙은 다시 심란해하는 세영을 보며 더 이상 장난을 치지 못했다.

민숙과 헤어진 세영은 집으로 돌아가는 길에 송대식의 전화를 받았다.

환자가 걱정되었다.

[김 간호사님!]

"네. 환자분 어떠세요? 별일 없으시죠?"

[그럼요! 울 엄마 이제 달려다닙니다.]

"호호호! 거짓말."

[하하하! 정말 많이 좋아졌습니다. 사람 다 됐습니다. 그래서 김 간호사님! 오늘은 꼭 은혜에 보답하고 싶습니다.]

세영은 잠시 망설였다.

"네, 작가님. 아니요, 제가 사 드려야죠. 위로주."

전화를 끊은 세영이 택시를 붙잡아 탔다.

"수유, 먹자골목이요."

택시 안에서 세영은 창문을 통해 밤풍경을 보았다. 그렇게 감상에 젖어 있다가, 전화기를 만졌다.

"치…… 진짜 삐졌나……."

요즘 인수의 전화가 뜸했다. 인수를 생각하니 결혼에 대해 생각해야 했고 그렇게 또 다시 마음이 심란해져 왔다.

◇ ◆ ◇

세영이 식당에 도착해 문을 열고 들어갔을 때 안쪽에서 송대식이 벌떡 일어나 손을 들었다.

"여깁니다!"

세영이 웃으며 자리에 앉았다.

"이 집이 가성비 대비 음식이 엄청 잘 나오는 집입니다."

"그래요?"

"짜글이랑 뼈를 1인분씩 따로 시키면 서로 나누어 먹을 수 있게 주거든요. 짜글이도 먹고, 뼈도 먹고."

"맞아, 식당은 이래야 돼."

"조금 이따가 알바랑 가위바위보해서 이기면 소주도 한 병 공짜."

"우와."

"김 간호사님이 할래요?"

"네."

세영이 손을 맞잡아 깍지를 끼더니 형광등에 들어 올리고는 구멍을 보았다.

"답 나왔어. 주먹."

"확실해요?"

"틀림없어요."

"여기요! 주문받아 주세요!"

곱상한 여자아르바이트생이 물과 밑반찬을 깔아 주며 주문을 받았다.

"뭐 드릴까요?"

"짜글이 하나랑 뼈 하나요."

"소주 드려요?"

"네. 근데 가위바위보해서 이기면……"

"기본 1병은 시키셔야 돼요."

"아, 그래요? 소주 하나 주세요."

"네. 저랑 가위바위보해서 이기시면 소주 1병 서비스 나갑니다. 단, 기회는 한 번입니다. 지고 난 뒤에 3판 2승 이러시면서 우기고 그러시면 안 돼요."

여자 아르바이트생이 허리 뒤춤으로 손을 숨기며 송대식
을 보았다.

"저 아니고, 이쪽. 이분께서 상대하실 겁니다."

송대식이 세영을 가리키자, 세영이 재빨리 머리 뒤로 손
을 넘겼다. 주먹을 꽉 쥐었다.

"아, 그래요? 자, 가위바위보!"

아르바이트생이 보자기를 냈다. 세영은 주먹을 냈다.

"헉!"

"힝."

"그럼, 맛있게 드세요."

"단판이 어디 있어요? 3판 2승은 해야지."

세영이 우겼다.

"꼭 이런 손님 계신다니까. 알겠습니다. 자, 다시 해요.
가위바위……."

"잠깐만!"

세영이 다시 두 손을 모아 깍지를 끼더니 비틀며 형광등
에 비추어 구멍을 보았다.

"답 나왔어."

세영이 자신 있게 말했다.

"뭐 내실 건데요?"

아르바이트생이 세영을 향해 웃으며 물었다.

"주먹이요."

말을 내뱉은 순간, 세영의 머리가 초고속으로 회전했다.

'내가 주먹을 낸다고 했으니까, 상대는 보자기를 낼 거야. 그러면 나는 가위를 내는 거야.'

"그래요? 알았어요. 자, 가위바위보!"

"가위바위보!"

세영이 가위를 냈다. 하지만 아르바이트생은 주먹을 냈다.

"끝."

"힝."

세영은 자신이 낸 가위만 내려다보았다. 이 가위가 그렇게도 무력해 보였다. 마치 자신의 모습을 대변하고 있는 듯 보였다.

"소주 한 병에 그렇게까지……."

송대식이 지켜보기가 안타까울 정도였다.

세영이 시무룩해 있는데, 아르바이트생이 소주를 2병 가져왔다.

"어?"

"언니 맘 상하셨을까 봐 서비스로 드릴게요."

"치."

"왜요? 다시 가져가요?"

"아니요."

세영이 활짝 웃으며 소주 2병을 받아 챙겼다.

"감사합니다."

송대식이 웃으며 세영에게 건네받은 소주를 하나 돌려 땄다.

"고생하셨습니다. 받으세요."

"알바가 아주 약았어요. 고수야, 고수."

세영이 몸을 앞으로 숙이면서 속삭이듯 말했다. 송대식은 그런 김 간호사가 귀여워 미칠 지경이었다.

연예인 누구를 닮은 것 같은데, 이 사람 저 사람이 섞여 있는 것만 같았다.

털털하고 꾸밈없이 순진한 모습이 너무나도 예뻤다. 얼굴에는 화장을 하지도 않았는데 피부가 하얗고 뽀얀 것이 미인이었다.

이목구비가 또렷하지만 전체적으로 선해 보이는 것도 마음에 쏙 들었다.

보면 볼수록 예쁘다는 생각만 들었다.

누군지는 모르겠지만, 남자 친구라는 사람이 정말 부러웠다.

"왜 그렇게 보세요?"

"아, 아닙니다."

송대식은 화들짝 놀랐지만, 이상하게도 시선을 피하지는 않았다. 김 간호사와 눈을 마주치고 있는 것이 자연스럽고 편했다.

송대식은 가슴을 펴고는 당당하게 말했다.

"저 뭔가 바뀐 거 없나요?"

"네?"

"담배를 끊었습니다."

"와."

"왜 끊었는지 물어봐 주십쇼."

"끊는 게 당연한 거 아닌가요?"

"그래도 물어봐 주십쇼."

"왜 끊으셨어요?"

"제가 한다면 한다는 놈이라는 걸 김 간호사님께 보여 드리고 싶었습니다."

"저한테 그런 거 안 보여 주셔도 되는데……."

"그러고 싶었습니다. 그리고 좋은 소식이 하나 있습니다."

"뭔데요?"

"엉뚱한 곳에서 연락이 와서 작품을 하나 계약했습니다."

"와!"

세영이 박수를 쳐 주었다. 송대식은 기분이 좋아졌다.

"예전에 스토리공모전에 당선된 뒤로 틈틈이 써 두었던 시나리온데요. 결국 빛을 보게 되니 기분이 날아갈 것 같습니다."

"오늘 위로주 사 드리려고 했는데 작가님께서 한턱 쏘셔야겠어요! 축하, 축하! 와, 대단하시다!"

"오늘 뭔가 지저분한 늪에서 빠져나온 기분인데, 저 뭐 달라진 건 없는지요?"

"네, 똑같아요."

"아, 네."

세영이 웃자, 송대식도 웃으며 잔을 들어 올려 건배를 청했다.

짠.

"그럼, 영화로 제작되는 거예요? 언제요? 영화 나오면 꼭 알려 주세요!"

"음…… 그게 아직은 이렇다 저렇다 말씀을 드리기가…… 자빠지지 않고 잘만 풀린다면 1년 안에도 가능하지만, 꼬이면 까마득한 게 영화판입니다. 뭐 앞으로도 넘어야 할 산들이 엄청 많아요. 어쨌든 저 포기하지 않을 겁니다."

"그럼요. 남자가 포기하면 안 되죠. 될 때까지 계속 도전해야죠."

"엄마는 어디 대리운전이라도 해야 되지 않겠냐고 그러시는데……."

"그러고 보니 병원비 많이 나왔을 텐데……."

"아버지 돌아가시고 보험금이 좀 있었어요."

"네…… 그래도 힘드셨겠네요."

"버틸 만합니다. 근데요, 김 간호사님."

"네?"

"실례지만 나이가……."

"저 스물여섯이요."

"전 서른하나입니다."

"와! 완전 동안이시네요."

"그래요? 저 몇 살인 줄 알았어요?"

"저랑 갑인 줄 알았는데. 많아 봐야 한두 살?"

"제가 그렇게 어려 보이나요?"

"네. 제 남자 친구랑 반대네요."

"아 참. 남자 친구는 나이가?"

"저랑 갑인데요. 어쩔 때 보면 40은 되어 보여요. 완전 아저씨."

"잉? 뭐 하시는 분이신데 그렇게 팍 겉늙어 버렸대요?"

세영은 대답을 망설였다.

"아…… 말씀하기가 곤란하시구나."

"아니요."

세영은 대답을 망설이고 있다기보다는 인수를 생각하고 있는 중이었다. 오늘도 아빠랑 한잔하고 있으려나.

송대식은 세영이 대답을 망설이는 것으로 생각하고는 김 간호사의 남자 친구가 특별한 직업이 없는 남자일 수도 있다고 생각했다. 그래서 말을 못 하는 것이라고.

"검사요."

한데, 갑자기 무직에서 검사로 바뀌었다.

"네?"

"아, 원래 좀 외모가 그랬어요. 고등학교 때부터 어른스러웠어요."

"아니, 아니요. 직업이요. 대한민국 검찰이요?"

"네. 서울지검에 있어요."

"와……."

송대식은 깜짝 놀랐다. 세영은 그런 송대식의 빈 잔에 술을 따랐다.

"그러면 고등학교 때부터 알고 사귀었나 보네요?"

"아니요. 알고는 있었는데…… 사귄 건 나중에……."

세영은 말을 하면서 인수와의 만남부터 시작해 지금까지의 기억을 더듬어 보았다.

"그때 검사될 줄 미리 알아보시고 찜한 거 아닌가요?"

"호호호! 아니요. 절대로 아니에요."

두 번째 잔이 들어갔다.

세영은 신기하게도 오늘 술이 취하지 않았다. 평소에는 한 잔만 마셔도 힘들어하는 세영이었다.

"고등학교를 2년 만에 졸업할 줄은 꿈에도 몰랐는데요."

"네? 아니, 잠깐만. 남자 친구가요?"

"네. 서울대 법대도 2년 만에 수석 졸업."

"네? 고등학교 조기졸업에 서울대 법대도 조기 졸업했는데 수석 졸업이요?"

"네. 거기에 사법연수원 38기 최연소 입소에 수석수료."

"헐…… 말도 안 돼. 그러면 사시는 언제 패스했답니까?"

"대학교 때요."

송대식이 웃고 말았다.

"에이, 김 간호사님 뻥이 너무 세시다. 사람 그렇게 안 봤는데 순진한 작가 앞에 앉혀 놓고는 너무하시네."

"제가요?"

"그래요. 아니, 서울대 법대를 2년 만에 졸업하는데 그 와중에 사시까지 패스했다고요? 지금 그 말을 저보고 믿으라고 합니까?"

"안 믿어지죠? 저도 안 믿어져요."

"……"

"근데, 사실이에요."

세영이 먼저 잔을 비웠다. 송대식도 얼떨결에 따라서 잔을 비웠다. 안에서부터 뭔가가 무너지는 느낌이 들더니, 술이 평소와는 달리 빨리 취했다.

주문한 음식이 나오자 대화가 잠시 끊겼다.

"일단 드세요."

"네, 작가님도 맛있게 드세요."

두 사람은 서로의 음식을 빈 그릇에 나누어 담아 주었다.

"맛있네?"

"맛있죠?"

"여기 괜찮다. 겼는데 소주도 주고."

"담에 또 모시겠습니다."

"영화 대박 나면요."

"그때는 이런 데로 안 모시죠."

"왜요? 여기도 좋은데요."

"제가 지금은 가난뱅이라서 죄송합니다."

"아휴, 뭐가 죄송해요. 맛있기만 한데요."

송대식은 슬슬 취기가 올라왔다. 세영은 아무렇지도 않았다.

"네, 알겠습니다. 근데…… 그 남자 친구……."

"음…… 이제는 별로 말 안 하고 싶어요. 다른 얘기해요."

"하나만 물어볼게요."

"네."

"집도 부잔가요?"

"네. 엄청 잘살아요. 자산이 벌써…… 뭐 그런 것까지 말씀드리고 싶진 않고요. 아무튼……."

"헐…… 다 가졌네. 다 가졌어."

"그렇죠? 다 가진 사람이죠."

"어, 취한다."

"취하셨네요."

"네, 이상하게 오늘은 취하네요. 근데 그 친구 차는 뭐
죠?"

"수퍼카 뭐라고 했는데……."

"람보르? 페라리?"

"아, 람보르 그거라고 그랬어요."

"우와!"

"그것도 팔았어요. 예전에요."

"네? 지금은 뭐 타고 다니는데요?"

"전철이요. 검사는 그래야 한다나……."

송대식은 이제 헷갈리기 시작했다. 술도 취했겠다, 세영
이 일명 '된장녀'로 보이는 것이었다.

"혹시 그 수퍼카 타 봤어요?"

"당연하죠. 법무관 시절에 자유로를 질주했죠. 부왕, 부
왕! 근데 저는 딱히……."

세영이 말하다가 인수가 생각나 또 잔을 비웠다.

"이상하네?"

"김 간호사님. 술 세시네요."

"오늘 이상하게 하나도 안 취하네요?"

"김 간호사님."

송대식이 혀가 꼬부라져 세영을 불렀다.

"네, 작가님."

"혹시 그 남자 친구가 속상하게 한 적 많죠?"

주둥이만 살아 있는 사기꾼들이 이렇게 천사처럼 착한 여자를 가지고 놀며 울리기 십상이다. 철저하게 이용해 먹고 단물 쓴물 다 빼먹으면 버린다.

"아니요. 아…… 사실 요즘…… 네…… 여기가…… 좀 답답하네요. 그 친구가 잘못해서 그런 건 아니고요. 후!"

세영은 시어머니가 되실 분을 생각하니 한숨이 저절로 나왔다.

"아니, 그렇게 잘난 친구가 왜 김 간호사님을 힘들게 할까요?"

송대식은 자신이 술에 취한지도 모르고 슬슬 유도심문을 하는 중이었다. 일명 '된장녀' 인지, 아니면 사기꾼에게 놀아나고 있는지 확인을 해야만 했다.

"후! 그러게요. 복에 겨워 그런가 보죠."

"아니…… 내 말은 그런 뜻이 아니고."

"네?"

"그게 그러니까 김 간호사님 말이 앞뒤가 안 맞아……."

"저요?"

순간, 세영이 두 눈을 부릅떴다.

"헉."

"아…… 작가님께서는 내가 거짓말한다고 생각하시는구나."

"아니…… 아닙니다."

"하긴 믿기 힘드시겠죠."

"믿습니다."

"에이…… 못 믿으시면서."

"믿어요. 완전 믿습니다."

"후!"

"전 못 믿는 것이 아니라, 김 간호사님이 속상해하는 부분이 잘 이해가 되지 않는 것뿐입니다."

"왜 속상하냐고요?"

"네. 왜 속이 상하신지요?"

"작가님."

"네, 김 간호사님. 말씀하세요."

"반대로 작가님 여자 친구가 엄청나게 잘난 그런 분이라면 어떠실 거 같아요?"

"그럼 완전 좋죠."

"그래요?"

"당연한 거 아닌가요?"

"그렇군요. 결국엔 제가 복에 겨워 이러는 거네요."

"근데……."

"네."

"졸업장 봤어요?"

"무슨 졸업장이요?"

"서울대……."

"……."

"그거 위조도 가능해요. 서울지검에 가 보셨어요?"

"작가님…… 후!"

"죄송합니다."

"취하신 거 같아요."

"믿는다니까요."

"아니, 취하셨다고요."

"안 취했습니다. 그 고급 수퍼카도 쥐뿔도 없는 것들이 임대로 탈 수가 있거든요. 그러다가 꽝 박으면 인생 종나는 거죠. 옆에 있는 사람들까지 죄다 힘들게 만들고…… 그 사람들이 뭔 죄라고……."

"작가님."

"네?"

"작가님들은 원래 다 그래요?"

"네?"

"의심이 많으시네요. 이제 그만 드셔야 할 거 같습니다."

세영이 존중하게 말했다.

"서비스 준 거 다 마셔야지 뭘 그만 마셔요?"

"아뇨. 취하셨어요."

"김 간호사님도 참. 술을 취하려고 마시지 깨려고 마셔요?"

"그렇죠. 맞아요."

"음…… 김 간호사님…… 저 김 간호사님이 너무 걱정됩니다."

"제가요? 제가 왜요?"

"너무 순진하십니다."

"그래요?"

"네. 너무 착하십니다."

"맞아요. 설문지마다 제 이름이 추천으로 올라가요. 그래서 더 잘해야죠."

"아니…… 그런 착한 거 말고요."

"착한 게 다른 착한 것도 있어요? 역시 작가님이시다."

"그러니까……."

송대식은 어떻게 말을 해야 할지 난감했지만 곧 적절한 말이 떠올랐다.

"바보처럼 착한 거."

"작가님."

"네."

세영이 송대식을 불러 놓고는 잔을 또 비웠다.

"캬! 드세요."

소주가 쓰긴 썼지만, 신기하게 취하지 않는다. 기분은 조금 좋아졌다.

"네."

송대식이 잔을 비우고는 다시 세영의 빈 잔을 채우자, 세영이 물끄러미 바라보다가 말했다.

"저 결혼해요."

"네?"

"결혼한다고요."

"아니, 나이가 스물여섯밖에 안 됐는데 결혼을 해요?"

"네. 집에서 일찍 하래요."

"요즘 세상에 무슨 결혼을 집에서 빨리하란다고 빨리합니까?"

"그죠?"

"지금 남친이랑 결혼한다는 거죠?"

"네, 맞아요."

"양가 부모님 인사는 했어요?"

"했죠. 얼마 전에 상견례 했죠."

"상견례를 벌써 했어요?"

"네. 했죠."

"그럼, 결혼 날짜도 잡았겠네요?"

"아직요. 고민 중이랍니다."

"허허……."

"왜요? 왜 그렇게 웃으세요?"

"아닙니다."

"여전히 못 믿으시는구나."

"믿습니다."

송대식이 잔을 비웠다. 그러더니 벌떡 일어섰다.

"오늘 즐거웠습니다."

"네……."

세영도 자리에서 일어섰다. 그러자 송대식이 풀린 눈으로 세영을 바라보며 충고하듯 말했다.

"김 간호사님, 그 남자 친구 제가 꼭 만나 보고 싶습니다. 가능한 빨리요."

"후! 한번 말해 볼게요."

"빨리요. 진짜 빨리요."

"네……."

세영의 대답을 들은 송대식이 먼저 일어서서 비틀거리더니 계산을 끝내고 돌아왔다.

"가시죠! 집에 가야죠! 담에는 더 좋은 곳으로 모시겠습니다!"

"아니요. 그러지 않으셔도 돼요."

"성공하면 진짜 끝내주는 곳으로!"

"네, 네."

"약속하신 겁니다?"

"네. 그럼 조심히 들어가세요."

"네! 김 간호사님! 오늘 대단히 감사했습니다! 이 못난 저에게 용기를 북돋아 주시고! 김 간호사님은 천사입니다!"

송대식은 술에 잔뜩 취해 코를 땅에 박을 정도로 넙죽 인
사를 했다.

"아휴, 제가 뭘요. 그럼 파이팅 하세요."

"네! 들어가십죠! 오늘 즐거웠습니다!"

"네."

송대식과 헤어져 전철역으로 향하는 세영은 전화기를 만졌
다. 인수에게 전화를 하려다가 다시 호주머니에 집어넣었다.

그런 세영의 뒷모습을 인수가 지켜보고 있었다.

세영이 술에 취하지 않은 건 인수가 화이트존을 통해 알
코올 분해 성분을 높여 주었기 때문이었다.

인수는 세영의 마음을 충분히 이해했기에 배려했다. 결
혼을 앞두고 혼란스러워하며 두려워하는 세영이었다.

진짜 행복이란 게 무엇인지 스스로에게 의문을 던지고
그 해답을 찾아가는 과정이라고 여겼다.

인수가 아는 세영은 남자처럼 활동적이면서도 모성애가
높아 어려운 사람을 먼저 돕고 위했다.

그런 점에서 보면 송대식은 어쩌면 전생의 자신과 닮았
을지도 모를 일이었다.

인수가 확인을 해 보니, 송대식은 엉큼한 남자가 아니었
다. 오히려 순수한 남자였다. 세영에게 몹쓸 짓을 할 사람
은 절대로 아니었기에 그저 뒤에서 지켜보며 기다릴 뿐이
었다.

하지만 화이트존을 통해 평소보다 술에 더 취해 보게 한 것은 사실이었다.

남자들은 어떤 놈이든지 취하면 본성이 나오기 때문이었다. 그런 점에서 보면 송대식은 착한 남자였다.

끼리끼리라…….

하지만 인수는 지금 이 말이 무척이나 거슬렸다.

제46장. 추락하는 자들

트리니티 레볼루션
Trinity
Revolution

제46장. 추락하는 자들

　하룻밤 천만 원이면 그 안에서 무슨 짓을 해도 모른다는 이태원 시크릿파티룸, 어반빌리지.

　겉모습만 보면 말끔한 슈트 차림에 준수해 보이고 능력 있어 보이는 3명의 남자들이 아가씨들과 파티를 즐기는 중이었다.

　"내가 말이야, 새로운 개를 하나 찜했는데 오늘 초대해 볼까 해."

　개는 검사를 말하는 것이었다.

　"형, 부리는 개들이나 잘 관리해요."

　"이놈은 다른 개들이랑은 완전 달라."

　"누군데요?"

"박인수라고, 알아봤더니 이놈이 보통 놈이 아니더라고. 아주 맘에 들어."

"뭐요?"

3명의 남자 중에는 장우식도 포함되어 있었다. 아가씨들은 장우식의 엔터테인먼트 소속 모델들로, 이제 막 걸그룹으로 데뷔해 이름을 알리기 시작한 이들이었다.

그리고 장우식의 옆에서 팔뚝에 주사 바늘을 찔러 넣고 있는 남자는 삼건기업의 회장 박경용의 외동아들 박수형.

그 옆에서 마약에 취해 아가씨를 품에 끼고 가슴을 탐하고 있는 남자는 새정의당 대표인 이완영 의원의 아들 이진욱이었다.

박수형의 입에서 박인수라는 이름이 언급되자, 장우식은 술이 확 깼다.

"그래서 그놈이 온대요?"

"우리 우식이 동생 뭔 반응이 이렇게 싸늘해? 찔러주면 오겠지? 와서 인사도 하고 그러면 앞으로 탄탄대론데."

이진욱이 아가씨의 가슴에서 얼굴을 쏙 내밀고는 말했다.

"그놈이…… 과연 올까?"

혼잣말을 내뱉는 장우식의 얼굴이 굳어졌다.

"얘가 오늘 왜 이래? 대한민국에 돈으로 안 되는 놈이 어디 있다고. 근데 너도 그놈 아는 거 같다?"

"아…… 그게……."

장우식은 얼버무리며 인수의 얼굴을 떠올렸다.

"오빠? 그 박인수?"

한 여자가 장우식에게 물었다. 장우식이 고개를 끄덕이는 그때였다.

"오우! 간다, 간다! 찍찍찍!"

약에 취해 눈이 풀린 박수형이 비틀거리며 일어서더니 상의를 탈의하기 시작했다.

박수형의 상체가 드러나자, 담배를 피우는 여자들이 박수를 치며 환호성을 내질렀다.

"오빠 멋져요!"

"브라보!"

한 여자가 소리치더니, 박수형에게 와락 안겼다.

최지민이었다.

그런 와중에도 이들이 언급한 검사가 그때 그 박인수가 맞는지 얼굴을 떠올려 매치시키고 있는 중이었다.

그 녀석이 검사가 됐어? 와우!

가끔 이런 파티에 검사들이 함께 어울리곤 했었다.

이제 곧 인수도 여기서 보게 되는 건가? 어떻게 변했을까?

이런 생각을 하며 박수형에게 안겼다.

"꺼져, 이년아."

"아잉."

"요년 봐라?"

"오빠, 나 지민이야."

"그래?"

박수형은 씩 웃더니 최지민의 머리채를 붙잡아 당겼다. 머리가 인형처럼 꺾였다.

"아! 아파!"

"아파? 그래서? 그래서 이년아!"

"아니 그게……."

최지민은 더 이상 애교를 부리지 못했다. 그렇게 머리가 꺾인 채로 소파에 내팽개쳐졌다.

"쌍년이 덤볐다 이거지. 그래, 해보자."

"수형아, 우식이네 회사 상품이다. 망가지지 않게 살살 가지고 놀아라."

"망가지면 엉아가 새로 사 주지."

소파로 뛰어들어 최지민의 몸 위로 올라탄 박수형이 얼굴을 강제로 붙잡고는 키스를 퍼부었다.

"읍, 읍!"

최지민이 그 입술을 거부하며 장우식에게 도움의 눈길을 보냈다.

하지만 장우식은 박인수를 생각하며 양주만 들이켜고 있는 중이었다.

최지민은 반항하지 못했다. 어쩔 수 없이 자신도 적극적으로 키스에 임했다.

두 사람이 뜨거운 키스를 나누자 이제는 장우식을 제외한 모두가 박수를 치며 환호성을 내질렀다.

"좋아."

그 환호성에 보답이라도 하듯, 소파에서 일어난 박수형은 오만 원 다발을 탁자에 올렸다.

"우식아, 이거 얼마냐?"

"네?"

박수형이 풀린 눈으로 자신이 직접 탁자에 올린 돈을 가리키며 장우식에게 물었다.

"대충 3백?"

장우식이 귀찮다는 표정으로 대답했다.

"자, 들었지? 지금부터 엔젤스 보보의 파트를 가장 잘 소화해 내는 년이 이 돈을 모두 갖는다. 누구부터 할 거야?"

"오빠, 저요!"

돈이라면 환장한 최지민이 자존심이고 뭐고 소파에서 벌떡 일어서며 소리쳤다.

"아냐, 내가 먼저 할 거야!"

"가위바위보 해, 이년들아."

가위바위보!

순서가 정해지자, 최지민을 비롯한 아가씨들은 차례대로

춤을 추며 노래했다.

보보에 미쳐 있는 박수형을 유혹하기 위해, 보보 따라잡기를 시작했다.

하지만 박수형의 눈빛은 점점 실망과 짜증으로 뒤섞이고 있었다.

그렇게 마지막 여자가 살벌해지고 있는 분위기를 눈치 채고는 기가 죽어 몸이 굳은 채로 엉거주춤 춤을 추기 시작했을 때였다.

"그만!"

박수형이 양주병을 집어 들더니 그 아가씨의 얼굴에 내던지며 소리쳤다.

"꺅!"

하마터면 얼굴에 맞을 뻔했다. 양주병은 아가씨의 뺨을 스치며 날아가 벽에 부딪치더니 요란한 소리와 함께 산산조각 났다.

"병신 같은 년이 염병하고 자빠졌네. 그만해! 씨발! 그만하라고!"

잔뜩 짜증이 난 박수형의 안면 근육이 마비라도 온 것처럼 경직되는 듯싶더니 뒤틀리기 시작하며 흉하게 일그러졌다. 악마의 얼굴이 거기에 있었다.

"장난하냐? 야? 지금 장난 똥 때리냐고?"

"또 시작했네."

장우식이 양주잔을 비우며 내뱉었다.

"그러게 말이다. 우리 수형이 보보 때문에 제명대로 못 살게 생겼네. 그나저나 한식이 이 새끼는 도대체 뭐 하고 있는 거야? 엉아들이 돈을 졸라 써서 어렵게 꽂아 줬으면 노력을 해야지."

아트만골드에 수연의 매니저를 자르고 최한식을 넣은 자들이 바로 지금 이 세 인간들이었다.

"다들 꼴도 보기 싫으니까, 꺼져! 당장 꺼지라고 이년들아!"

참으로 다행이었다. 얻어맞지는 않았으니까.

박수형은 혼자 미쳐서 발광하며 탁자를 뒤집었다. 약에 취하니 폭력적인 성향이 고스란히 드러났다. 주사기들과 양주병이 바닥을 나뒹굴었다.

최지민과 아가씨들은 그 틈에 재빨리 밖으로 도망쳤다.

문이 닫히며 잠길 때까지도 "보보 데려와! 보보 데리고 오라고!"라며 울부짖는 박수형의 목소리가 밖으로 들려왔다.

"미친 새끼! 퉤!"

"아휴, 거지같은 약쟁이 새끼. 돈이면 단 줄 아나."

"그러게. 매번 저 지랄이야. 보보가 그렇게 좋으면 가서 치맛자락 붙잡고 싸든지."

아가씨들은 침과 함께 욕을 내뱉으며 밖으로 나갔다.

그때 앞에 서 있는 말끔한 슈트 차림의 한 남자와 사납게 생긴 여자를 보았다.

"……!"

"다시 들어가."

사납게 생긴 여자가 말하자, 최지민은 대번에 알아보았다. 인수에게 작업을 걸 때, 난데없이 나타나 자신의 머리채를 붙잡아 꺾었던 그 미친 여자!

그리고 눈앞의 남자는 인수였다.

'와우! 진짜 검사인가? 멋있어졌는데?

한데, 사납게 생긴 여자가 검찰 수사관이라는 신분증을 눈앞에 들이대고 있었다.

"우리는 아니에요!"

"변호사를 통해서 이야기해."

'뭐지?

최지민은 이제야 검사가 놀러 온 것이 아니라 마약파티 현장을 잡으러 왔다는 사실을 깨달았다.

유정이 말하는 그때 인수는 화이트존을 생성시켜 잠금장치를 해제시켰다.

철컥.

"보보 데려와! 보보! 으헝, 보보 데리고 오라고!"

인수가 실내로 들어왔음에도, 박수형은 여전히 정신을 못 차린 채로 보보타령이었다.

"으응?"

장우식은 인수를 보고는 화들짝 놀랐다.

이진욱은 눈이 풀려서 인수를 자기 친구로 알아보았다.

"으형! 나 보보랑 지금 떡치고 싶다고! 제발 보보 데려…… 누, 누구……."

박수형이 혼자 지껄이다가 인수를 보고는 다가와 얼굴을 들이댔다. 눈의 초점이 맞지 않아 몇 번이고 머리를 털며 다시 보았다.

"누구시냐고요?"

"서울중앙지검의 박인수 검사입니다."

인수가 신분증을 제시했다.

"박인수? 아! 오우! 왔네! 왔어!"

박수형이 뒤돌아 친구들을 향해 박수를 쳤다.

이진욱이 덩달아 박수를 쳤다. 장우식은 두 눈만 깜박거렸다. 진짜로 박인수가 나타났다.

박수형은 다시 뒤돌아 인수의 턱을 손바닥으로 가리키고는 또 박수를 쳤다. 마치, 자신이 불러서 달려온 것처럼.

"자, 왔으면 와서 이 형님 잔부터 받아야지, 왜 그러고 섰어?"

박수형이 한 손에는 양주병, 한 손에는 잔을 들었다.

"정신 못 차리네."

인수가 주위를 둘러보았다. 마약과 주사기들이 바닥에 잔뜩 널려 있었다.

"서 수사관, 증거물 모두 압수하고 미란다 원칙 고지해."

"네, 검사님. 지금부터 마약류 관리법 위반죄로 긴급 체포합니다. 당신들은 묵비권을 행사할 수 있고, 변호사를 선임할 수 있으며……."

"뭐라는 거야?"

"뭐라고?"

박수형과 이진욱이 서로의 얼굴을 바라보며 두 눈을 깜박거렸다.

"조용히 해! 이 병신새끼들아!"

장우식은 자기도 모르게 소리를 치고 나서, 벌벌 떨기 시작했다.

"인수야…… 그게 있잖아…… 나 약 안 한 지 오래됐어. 진짜야. 그리고 있잖아, 오늘 난 안 했어. 봐봐, 그냥 놀러오라고 해서 이러고 있기만 했어. 이제 막 밖으로 나가려던 참이었어."

"그래?"

"응. 진짜야."

"그러면 잘됐네. 증인이 필요한데, 이놈들 공판 열리면 와서 증인으로 서 줄 수 있어?"

"오, 당연하지. 얼마든지. 나 그런 거 완전 잘해. 시켜만 줘."

"알았어."

인수가 장우식의 어깨를 툭툭 쳐 주다가, 뒤통수를 쓰다 듬어 주었다.

장우식은 두 손을 앞으로 꼭 모은 상태로 해피처럼 온순 하게 굴었다.

인수는 인혜로부터 수연의 매니저가 바뀌었다는 이야기 를 들었다. 전 매니저가 착실하게 일을 정말 잘했는데, 무 슨 이유인지 잘리고 뺀질거리는 녀석이 들어왔다는 것이었 다.

거기에 자꾸 이태원 시크릿파티룸을 언급하며 수작을 부 린다는 말을 듣고는 현장을 잡았다.

그렇지 않아도 신약 사건을 정리하기 위해 박수형을 노 리고 있었는데, 적절한 시기에 기회가 찾아온 것이었다.

인수는 차에 올라타 부부장검사와 통화를 하며 창문을 열었다. 밖에 서 있는 유정을 손짓으로 불렀다.

"네. 이 사건은 본 검사인 제가 줄곧 인지하고 있었던 사 건이고 피의자들을 현장에서 직접 검거했습니다. 증거까지 모두 완벽합니다. 경찰이 먼저 수사할 게 아니라, 우리 쪽 에서 수사해서 전산 입력 및 검사배당까지 마친 후에 경찰 에 넘겨야 합니다. 그리고 경찰에서 조사한 기록을 받아 송 치하는 게 좋을 것 같습니다."

[진짜 이완영이 아들이야?]

박세출은 깜짝 놀랐다.

"네, 맞습니다."

[진짜?]

"네."

[아, 머리 아파. 박 검, 그놈들 우리가 붙잡고 있으면 안 돼.]

"저도 안 됩니다."

[이런 경우는 어차피 정해진 루트가 다 있어. 어떻게든 무마된다고. 인권침해 어쩌고 하면서 소변검사조차도 진행되지 않는 경우가 이런 경우야.]

"그러니까 더더욱 제가 붙잡고 있어야죠. 제가 진행하는 방식은 절차에 아무런 문제가 없습니다. 소변검사 정도야 굳이 딴지가 걸린다면 광수대 형사 한 명이 우리 쪽으로 와서 해도 됩니다. 이완영 이 양반 경찰수사부터 진행하면 대검을 통하든 청와대를 통하든 어떻게든 수사 못 하도록 방해할 게 뻔합니다."

[큰일 났네.]

"부장검사님께 보고 부탁드립니다."

[하…… 알았어. 근데, 박 검.]

"네, 말씀하십쇼."

[뭐라고 보고하지? 당장 광수대든 어디든 보내라고 할 텐데?]

"박재영 검사장님의 특별 지시로 붙잡고 있어야 한다고 보고하십쇼."

[아, 그랬어? 알았어.]

뭔가 희망을 발견한 목소리로 박세출이 전화를 끊었다.

◇　◆　◇

박세출은 기세등등한 표정으로 부장검사의 앞에 섰다.

"이런 이유로 특수1부에서 붙잡고 있어야 합니다."

"야, 박세출! 너 미쳤냐? 돌았냐? 이제는 업무처리 절차도 파악이 안 돼? 매일 술만 처먹고 다니니까 알코올성 치매라도 왔어?"

'그래, 맘껏 욕해라. 넌 이 말 한 방이면 쭉 간다.'

"당장 광수대로 보내! 이 새끼야!"

"안 됩니다."

"뭐? 안 돼? 너 이리 와."

"나가라고 할 때는 언제고 이제는 또 오라고 하십니까?"

"이런 꼴통새끼! 아, 아아…… 혈압 올라…… 뒷골 당겨. 너 거기 있어. 너 죽었어."

말 그대로 욕이란 욕은 다 들어먹고 나서, 박세출이 부장 검사에게 말했다.

"박재영 검사장님의 특별 지시…… 입니다!"

'특별 지시랍니다.' 라고 말하려다가 열 받아서 직접 지시를 받은 것처럼 너스레를 떨었다.

'이놈아, 어떠냐?

"누가 그래? 박 검이 그래?"

하지만 통할 리가 없었다. 검찰의 실세인 그 높은 양반이 하찮은 너 따위에게 그런 지시를 내릴 일이 없기 때문이었다.

"아…… 그렇습니다."

"하, 일 났네. 일 났어. 알았어, 나가 봐."

◇ ◆ ◇

인수의 손짓에 유정이 보조석에 올라탔다. 둘만 있으니, 상하관계에서 수평관계가 되었다.

"누구야?"

"부부장검사. 많이 곤란하겠지."

"곤란한 정도가 아니라, 똥줄 타겠는데?"

"똥줄 좀 타도 돼."

인수가 창문을 닫으며 말했다.

"남정우 아직 광수대 소속 맞아?"

"어, 맞아. 요즘에는 디지털포렌식센터로 출근도 안 하고 있어."

"알았어. 소변검사는 남정우가 하면 되겠네."

"딱 좋네."

"윤철이 전화 걸어 봐."

유정이 윤철에게 전화를 걸었다.

[오, 유정.]

윤철이 매우 반가운 목소리로 전화를 받았다.

"박 검사님, 정윤철 씨 전화 받았습니다. 바꿔 드릴까요?"

유정은 재빨리 상하관계로 말투를 바꾸었다.

[……]

"스피커 켜고 다들 내 말 잘 들어."

딸깍. 자동차문이 잠겼다.

유정이 스피커폰을 켰다.

[박 검 옆에 있어? 박 검사님, 놈들은 일망타진하셨는지요.]

"시끄럽고 잘 들으라잖아."

[아, 네.]

"지금부터 바빠질 거야. 윤철이는 유정이에게 받은 박수형 관련 자료 포함해서 그동안 준비한 자료들 모두 엠비엠 서주은에게 넘기고 기사가 터지면 삼건 모니터링 들어가. 놈들, 곧 움직인다."

[오케이.]

"옛, 셀!'

◇ ◆ ◇

삼건기업의 회장 박경용의 아들이자 기업을 물려받을 후계자인 삼건물산의 사장 박수형이 마약사범으로 현장에서 긴급 체포되었다.

여당 대표의 아들과 백학기업의 아들도 현장에서 함께 검거되었다.

엠비엠이 서둘러 기사를 터트린 것과는 달리, 검찰총장을 비롯한 검찰 관계자들은 서로 눈치를 보며 공식브리핑을 최대한 늦추고 있는 중이었다.

사건을 축소시키려는 세력과 만천하에 알리려는 세력의 힘겨루기가 계속 진행되고 있기 때문이었다.

뒷짐을 지고 강 건너 불구경을 하는 것 같은 경찰 관계자들은 솔직히 속이 다 후련했다.

박경용의 저택.

골프를 쳐도 될 만큼의 넓은 잔디밭 위에서 한 무리의 사람들이 대문으로 향해 가다가 발을 멈추었다.

그들 중, 뚱뚱한 귀부인이 전화기를 붙잡고는 불처럼 성질을 부렸다.

"야! 뭐가 어쩌고 어째? 서울고검장에서 법무장관으로 직행시켜 준 게 누군데, 곤란해? 너 그따위로 할 거야? 뭐야? 여보세요? 뭐야, 이 새끼 끊어 버렸네?"

"엄마 뭐래?"

"안 되겠다. 어서 가자! 이놈들 믿고 있다간 다 날리게 생겼어. 병원으로 가자!"

"그러니까 진즉에 갔어야지! 여보, 이앤박(변호인단) 연락해요!"

"알았어."

박경용의 딸 셋과 마누라가 변호인을 대동해 오산병원 VIP병실 1호실로 쳐들어왔다.

이곳으로 발령이 난 세영이 인수인계를 받고 있는 중이었다.

박경용은 신곡 지옥에 빠진 이후로 7차례의 자살을 기도했지만, 불행하게도 실패했다. 박경용뿐만 아니라 제3세대파의 핵심 간부들 또한 수차례의 자살 기도 끝에 3명이 저세상으로 떠났다. 그중에는 최도식도 포함되었다.

이제는 두 손조차 제대로 사용할 수 없는 미치광이 노인네를 앞에 두고 박경용의 가족들은 자기 몫을 챙기기에 바빴다.

저마다 변호인을 앞세워 재산과 지분 상속에 관한 서류를 내밀었다.

"뭐야? 손을 못 써?"

박경용의 큰딸이 아버지의 손에 펜을 쥐여 주었지만 그 펜 하나 붙잡지 못하자 짜증을 냈다.

"입 있잖아."

"아."

박경용의 부인이 말하자, 큰딸이 펜을 박경용의 입에 물렸다.

"아빠, 사인."

박경용이 고개를 저었다.

"아 좀 똑바로 해 봐."

"수… 형이……."

"수형이? 아빠 아들 지금 콩밥 먹게 생겼어. 약하다가 현장에서 걸렸대. 아빠 편이 아무도 없어. 아빠 부하들 지금 양쪽으로 갈라져서는 난리가 아니야. 똘마니들은 운전기사부터 시작해서 정원사들까지 죄다 김희수한테 붙어서 칼부림 날 판이라고."

"여보 어서 사인해요. 이제는 검찰도 우리 말을 안 들어 처먹어요."

"아빠, 빨리 사인해. 무서워서 한국 떠야 된다고."

"아버님, 사인하십쇼. 가족을 살릴 수 있는 길은 이것뿐입니다."

김희수의 입에서 펜이 떨어지자, 큰딸이 성질을 부리며 강제로 또 물렸다.

"아, 진짜! 신경질 나게! 꽉 좀 물어 봐!"

세영은 이들을 뒤에서 지켜보며 참 너무한다고 생각했다.

"저기요…… 가족 분들이시잖아요. 가족 분들이 환자 분에게 그러시면……."

"저년은 또 뭐야?"

"네?"

"아, 머리 아파. 저년 좀 어떻게 해 봐."

박경용의 부인이 손사래를 치자, 변호인이 세영을 강제로 떠밀어 밖으로 내보냈다.

세영이 화가 나서 다시 문을 박차고 들어가려는 그때였다. 담당의가 세영의 손을 붙잡고는 고개를 설레설레 저었다.

◇ ◆ ◇

삼건기업 대회의실.

김철곤을 중심으로 상급 간부들이 비상소집되었다.

곳곳에 숨겨진 몰래카메라가 이들을 주시하며 일거수일투족을 녹화하고 있었지만, 소집된 자들은 알지 못했다.

회장과 핵심 간부들이 미쳐 버린 뒤로 후계자 구도가 불확실해진 조직은 양분되어 끊임없는 분란이 일어났다.

그나마 삼건물산을 통해 박경용의 지분이 박수형에게로 상속될 것이기에 표면상으로는 박수형이 조직의 후계자였다. 하지만 박수형이 마약사범으로 현장에서 검거되었고, 온 천하에 알려졌다.

뒤를 봐주었던 여당 대표 이완영 의원의 아들도 함께 붙잡혔다.

공판검사가 배정되었고 법원에 기록이 인계된 지금, 더 이상 손을 쓸 방도가 없었다.

기가 막힐 노릇이었다.

더군다나 박경용의 가족들이 금고를 부수고 아버지의 인감을 몰래 차지해 회사를 마음대로 쪼개며 지분을 헐값에 넘겼고, 그 과정에서 사기까지 당했다. 그것도 모자라 변호인단을 앞세워 병원까지 쳐들어가 강제로 사인을 받고 있었다.

조직이 완전히 공중분해 될 판이었다.

김철곤을 중심으로 한 상급 간부들은 조직을 재건하기 위해 모였다지만, 그 시커먼 속내에는 저마다 자기 몫을 챙기기 위한 욕심이 자리해 있었다.

그들이 추대하는 조직의 보스이자 삼건의 회장은 김철곤이었다.

그렇게 졸속으로 회장이 결정되었고 남은 몫이라도 챙기는

데 성공했다고 생각한 그때 회칼로 무장한 남자들이 문을 부수며 들이닥쳤다.

"뭐 하는 놈들이냐!"

남자들 뒤에서 김희수가 등장했다.

"김희수! 네 이놈! 여기가 어디라고 감히!"

"지금부터 한 놈도 못 나간다. 시작해!"

김희수의 명령이 떨어지자, 칼부림이 시작되었다. 바닥에서부터 기어오른 반대파인 영통의 김희수가 수하들을 푼 것이다.

대회의실에는 한바탕 피바람이 일어났다. 몇 명이 밖으로 도망쳤다.

"잡아!"

푸슉, 푸슉!

복도에서도 살육이 벌어졌다.

"끄악!"

엘리베이터부터 시작해 복도와 대회의실은 피로 낭자했다.

그리고 이 모든 장면은 녹화되고 있었다.

◇ ◆ ◇

엠비엠 편집국장실.

작업 중인 서주은의 앞에 보도국장이 노트북을 들고는 문을 박차고 들어와 헐떡거렸다.

"편집부장님! 특종! 아니 이걸 뭐라고 해야 하죠?"

"뭔 소리 하는 거야? 그리고 내가 국장이지 부장이야?"

어지간해서는 눈 하나 깜짝하지 않는 여장부답게 서주은은 별 반응이 없었다.

"누나! 지금 부장, 국장이 중요한 게 아니고요! 박경용!"

"박경용?"

"삼건회장이요!"

"그 양반이 왜?"

서주은도 관심을 보이기 시작했다.

"현상금이 걸렸어요!"

"잉? 그 양반 지금 몇 년째 병원에 입원해 있는데 뭔 현상금?"

"아니 그런 현상금이 아니고요! 그 양반 모가지에 10억이 걸렸다고요!"

서주은의 눈빛이 빛났다.

"확실해?"

"확실합니다! 영통의 김희수가 삼건을 통째로 집어삼키려는 건지, 아니면 다 죽자는 건지 아무튼 걸었습니다."

김희수는 평소에도 간부에 오르지 못한 것에 불만이 많은 자로, 자신과 비슷한 처지인 바닥의 똘마니들을 규합해

세력을 확장하는 중이었다.

한데, 이놈 저놈 모두 자기 몫만 챙기기 급하니 이제는 이판사판인 것이었다.

"근데 넌 이걸 어떻게 입수한 거야?"

역시나 익명의 제보자로부터 메일과 함께 끔찍한 동영상이 도착했다. 보도국장은 서주은에게 자신이 먼저 확인한 동영상을 보여 주었다.

삼건기업 대회의실에서 일어난 피바람이었다.

그곳을 접수한 김희수가 동영상 속에서 자신의 오른팔로 보이는 자에게 지시를 내렸다.

박경용의 모가지에 10억을 걸 테니 칼잡이들을 끌어모으라고.

"이 새끼 이거 막 나가네? 광수대 반응은 확인했어?"

"아직요. 이거 누가 보냈는지 몰라도 제가 처음으로 받은 거 같은데요?"

서주은은 생각에 잠겼다. 왜 자신이 아닌 보도국장에게 먼저 보낸 것일까?

생중계.

"답 나왔어. 일단 오산병원 VIP실 장비 챙겨서 잠복 들어가자."

"직접 들어가시게요?"

"당연하지."

"광수대는요? 이거 숨겼다가 사고라도 터지면 우리 다 끝장이라고요."

"좆 달린 새끼가 뭐 이렇게 대가 없어? 확 자지를 잘라 버릴라. 광수대 깔리면 칼잡이들이 눈치 안 까겠어?"

"부장님! 어쩌려고 이러세요?"

보도국장은 서주은이 노려보자 힉, 하며 자신의 아랫도리를 두 손으로 가렸다.

"국장이라고!"

"아, 지금 부장이고 국장이고 그게 중요해요?"

"좀 조용해 봐! 생각 좀 하게. 광수대 말고……"

"그럼 누구요?"

전화기를 들고 한참을 망설이던 서주은이 이내 통화 버튼을 눌렀다.

"누구한테 전화해요?"

"남정우."

◇ ◆ ◇

남정우는 서주은의 전화를 받았다.

설명을 듣고, 자신이 해야 할 일이 무엇인지를 알고 난 남정우가 혼자 중얼거렸다.

"요즘 나 잘나가네?"

트리니티 레볼루션
Trinity
Revolution 5

그때 또 전화기가 울렸다.

모르는 번호였지만 한번 받아 보았다.

"남정우 형사입니다."

남정우가 말하자마자, 상대방이 쌍욕부터 시작해 온갖 협박을 끝으로 전화를 끊었다.

박수형과 이완영의 아들 이진욱을 상대로 소변검사를 했다는 이유로 경찰 제복을 벗게 될 거라는 둥, 맞고소를 당하게 될 거라는 둥, 인생 끝났다는 둥.

남정우는 그러는 당신은 누구냐고 물었지만 상대방은 대답하지 않았다.

"요즘 잘나가고 재미있게 돌아가네."

트렌치코트의 추적자, 남정우는 말 그대로 요즘 사는 게 은근히 재미있었다.

어쨌든 거물들을 상대하고 있다는 것이 가장 큰 즐거움으로 다가왔다.

그동안 동료들에게 4차원 취급을 당해 왔었는데, 이제 서주은이 부탁한 일을 해내면 자신을 무시할 사람은 이 바닥에 아무도 없을 것이었다.

◇ ◆ ◇

오산병원 20층 VIP병실 1호실 복도.

CCTV 영상에는 간호사 복장의 한 인물이 차트를 들고서 복도를 거쳐 실내로 들어가는 장면이 고스란히 찍히고 있었다.

다시 실내.

4대의 CCTV가 침실의 환자를 사방에서 지켜보는 중이었다.

멍한 표정으로 앉아 침을 질질 흘리고 있는 환자에게 다가서는 간호사.

환자는 옆으로 다가온 간호사에게 반응하지 않았다. 그저 멍하니 침만 질질 흘리고 있을 뿐이었다.

환자를 살피던 간호사가 순간 돌변했다. 차트 밑에 숨겨온 칼로 환자를 공격했다.

빠악!

한데 목을 노리고 찌르는 그 순간, 환자가 마치 기다렸다는 듯 그 칼을 피해 내며 간호사의 얼굴에 주먹을 한 방 먹였다.

간호사는 비틀거리며 뒤로 물러났다.

매우 당황한 모습이었다.

환자는 잿빛수염을 뜯어내더니, 목을 좌우로 비틀어 이완시키며 몸을 풀었다.

남정우였다.

"뭐야, 이 새끼?"

간호사도 착용한 마스크를 벗어던지고는 몸을 풀었다.

오산병원 VIP병실 1호실. 칼잡이와 형사의 싸움 장면은 고스란히 특종으로 생중계되었다.

아찔한 장면이 계속 이어졌다. 엠비엠이 속보로 전하는 생중계는 지켜보는 시민들을 경악하게 만들었다.

범인은 난투 끝에 도주했다.

도주하는 과정에서 간호사를 인질로 붙잡고는 인질극까지 벌였다.

간호사는 세영이었다.

"다가오지 마."

남정우는 인질이 다칠까 두려워 함부로 나설 수가 없었다. 그렇게 세영을 인질로 삼아 엘리베이터에 도착했다.

땡! 하고 문이 열려 범인이 뒤돌아보며 엘리베이터에 올라타려고 하는 그때였다.

빠악.

아무도 없었던 엘리베이터 안에서 갑자기 나타난 남자가 범인의 얼굴에 주먹을 쑤셔 박았다. 범인이 나자빠지면서 세영도 덩달아 넘어졌다.

순간, 남자가 세영의 손을 붙잡아 당기며 안아 들었다.

"……!"

인수였다.

"괜찮아?"

세영은 말문이 막혀 아무 말도 하지 못했다. 인수를 바라보는 두 눈은 어떻게 지금 여기에 이렇게 있는 것이냐고 묻고 있었다.

"너 보러 왔지. 하마터면 큰일 날 뻔했네."

"……"

남정우가 달려와 범인을 검거하며 인수를 신기한 표정으로 올려다보았다.

그 위험천만한 상황 끝에 범인이 검거되었다. 이 모든 장면은 고스란히 엠비엠의 특종으로 단독 보도되었다. 그것도 생방송으로.

온 국민이 지켜본 이 사건과 삼건기업 대회의실의 피바다 동영상으로 인해 검찰은 빠르게 움직일 수밖에 없었다. 더 이상 지체할 수 없는 사건이었다. 수사는 급물살을 타기 시작했다.

더군다나 서주은의 활약으로 인해 과거의 신약 사건은 다시 도마 위에 올랐고 온 국민의 관심사가 되었다.

〈마약사범으로 현장에서 검거된 박수형과 이진욱. 버티기 작전에 돌입하다.〉

〈아들이 체포된 이후, 삼건기업의 회장 박경용은 왜 암살 대상이 되었는가?〉

〈지하경제를 주물러 온 기업형 조직폭력배의 실체, 그들

을 낱낱이 해부한다.〉

〈그들과 결탁해 그들을 비호해 온 세력은 지금도 정치권과 검찰 내부에 존재한다.〉

〈그들은 과연 누구인가?〉

엠비엠뿐만이 아니었다. 모든 방송 매체가 이 사건을 특종으로 연달아 보도하기 시작했다.

삼건을 접수하기 위해 대회의실을 습격하고 살인을 의뢰한 영통의 김희수가 밀항을 시도하다가 붙잡혔다.

영통을 비롯한 제3세대파의 잔당들은 재수사선에 오르며 줄줄이 검찰에 소환되었고, 그 파장은 일파만파로 커져만 갔다.

아들의 마약 사건으로 정치 인생이 끝날 위기에 처한 새정의당의 이완영 대표는 이미지 쇄신을 위한답시고 지역구 의원들과 함께 아산 지역 사무실을 들렀다.

"가는 날이 장날이라고 재수 없게."

이완영의 입에서 나온 말이었다.

때마침, 소각로 반대와 대형 건설사의 무리한 건설로 인해 도로가 꺼지고 벽이 무너져 피해를 본 주변 집주인들이 찾아와 항의하고 있었다.

이완영은 그들과 함께 일단 대외용 기념사진부터 촬영했다.

그렇게 사진 촬영이 끝나고 이완영을 비롯한 4명의 국회

의원들은 더 이상 민원인들의 말을 듣지 않은 채 뒷문으로 빠져나가 사우나장으로 향했다.

사우나를 하고 발가벗은 채 마사지를 받고 있던 그때, 보좌관으로부터 한 통의 전화가 걸려 왔다.

"의원님! 큰일 났습니다!"

"뭐가 또 큰일이야? 진욱이 녀석 문제는 내가 알아서 처리한다니까. 어차피 시간이 약이야. 아 참, 소변 검사시키지 말라고 내가 그렇게 누누이 말했는데, 그거 진행한 형사놈 누구야? 이름 알아냈어? 인권침해를 들먹이면서 버티면 그거 함부로 못 하는 거라니까. 우리 쪽에서 맞고소를 들어갈 수도 있고……."

보좌관이 답답해서 말을 끊었다.

"그게 아닙니다!"

"응? 그게 아니면 뭐……."

보좌관이 하는 말을 가만히 듣고만 있는 이완영의 두 눈이 점점 커지기 시작했다.

"이런 씨발, 좆 됐네?"

전화기를 귀에서 떨어트린 이완영은 한동안 코로 한숨을 내뿜으며 두 눈을 감고 말았다.

그리고 서울로 돌아왔을 때 신약 게이트의 72리스트가 터졌고, 그 리스트에는 자신의 이름도 올라 있었기에 검찰의 칼 앞에서 안전하지 못하다는 사실을 깨달아야만 했다.

박재영에게도 불똥이 튀었다. 당시에 서한철이 확보한 리스트를 묻어 버린 것과 서한철의 실종 사건과 관련하여 내사가 결정된 것이었다.

세월이 흐름에 따라 많은 것들이 변하고 새로운 것들이 탄생하고 있지만, 절대로 변하지 않고 바뀌지도 않는 것이 있다.

그것은 바로 악인들은 궁지에 몰리면 반드시 무리수를 둔다는 것이다.

그리고 그 무리수가 스스로를 무너뜨린다.

불변의 진리였다.

이규환 정권 말, 또 하나의 거대한 게이트가 터졌다.

기소된 검찰들과 국회의원, 그리고 청와대 고위 공직자들의 수가 리스트처럼 72명이었다. 그중, 검찰 출신 국회의원과 현직 검찰이 55명을 차지했다.

광화문 광장과 시청은 시민들이 다시 밝힌 촛불로 일렁거렸다.

청와대가 고심 끝에 검찰 개혁의 방안으로 공수처(고위 공직자 비리 수사처) 신설 법안을 내놓았다.

새정의당의 반발이 컸지만, 여야는 대검찰청 중수부를

폐지한다는 조건하에 서로 합의를 이루어 냈다.

단 한 번도 힘을 합치지 않고 서로 물고 뜯기에 바빴던 여야가 대검 중수부 폐지에 합의를 한 것이었다.

그 속내에는 검찰총장의 직속부대이자 대검 중수부에 전진 배치된 특수통만 없어진다면, 공수처가 탄생해도 적당히 넘어갈 수 있다는 판단이 깔려 있었다.

국회 추천위원회가 처장 후보부터 시작해 조직인원 후보를 올렸다. 대통령의 권한으로 처장부터 시작해 조직원이 구성되었다.

처장 아래 검사에는 인수도 포함되었다.

특히 박재영의 내사에 박인수 검사를 지목하는 데에 아무도 이견을 달지 않았다.

그날, 인수는 검찰총장 채동진의 전화를 받았다.

채동진 총장은 특수통으로 한수영 사건이 터진 뒤 신임 총장으로 임명되었다.

박재영 특검이 전직 대통령과 NS기업을 향해 자비 없는 칼을 휘둘러 버리자, 여야 의원들에게 눈엣가시로 박힌 인물이었다.

칼을 휘두른 건 박재영이건만, 그 원망의 불똥이 검찰총장에게로 튄 것이다.

"9시. 사천성에서 보자고."

사천성은 동네의 허름한 중국집으로, 예전부터 채동진이

특수통의 차관들과 함께 중요한 논의를 할 때면 찾는 장소
였다.

인수는 먼저 도착해 기다렸다.

기다리며 세영에게 문자를 보냈지만 답이 없었다. 흉악
범에게 인질로 잡혀 날카로운 칼이 목을 찌르고 들어올 뻔
했으니 많이도 놀랐을 것이다.

일부러 그렇게 유도한 것은 아니었지만, 하필이면 그런
사달이 일어나고야 말았다.

"언제까지 기다려야 하나."

혼자 중얼거리고 있는데, 문이 열리며 차관급 이상의 검
사들이 줄줄이 들어왔다. 모두 특수통이었다.

"안녕하십니까?"

인수가 일어나서 그들에게 인사를 했지만, 그들은 인수
의 인사를 대충 받으며 방 안으로 들어갔다.

특수통의 요직들은 이러한 거대 게이트가 터진 상황에서
서로 만나면 무슨 대화를 나눌까, 인수가 귀를 기울여 보았다.

"어허, 1번 2번은 다 끝났어. 3번 김민국의 당선이 유력
하다니까."

"그렇게 되면 전 옷 벗을 겁니다. 절대로 인정 못 합니
다."

"세상 참 희한하게 돌아가네요. 고졸이 청와대 주인이 된
다니."

"어쩌다가 이렇게 된 거죠?"

"어쩌기는, 특검이 그럴 분이 아닌데 다 같이 죽자는 식으로 칼을 휘둘러 버린 바람에 이 지경까지 온 거 아닙니까?"

그때 채동진이 문을 열고 들어왔다. 인수를 보았다.

"어무이. 자장면 두 그릇 먼저 주이소."

"곱빼기?"

"하모요."

채동진이 넥타이를 비틀며 인수의 앞으로 다가왔다.

"총장님, 안녕하십니까?"

인수는 자리에서 일어나 인사를 했다.

"안으로 들어가자고."

말투가 다시 바뀌었다.

채동진이 문 앞에 구두가 가득히 널려 있는 방으로 들어가 자리에 앉자, 인수도 따라 들어가 앉기 전에 대선배들에게 다시 인사를 했다.

"여기로 앉아."

채동진이 자신의 옆자리를 가리켰다.

그때 전화기가 울리자, 액정화면을 바라본 채동진은 전화기를 꺼 버렸다.

"이 집 자장면이 최고야."

"냄새가 좋습니다."

검찰 거물들이 모두 입을 닫고 있는데 두 사람만 이야기를 나누었다.

"한 번 먹으면 계속 찾게 될 거야. 특히 머리가 복잡할 때 와서 먹으면 더 좋아."

"네, 알겠습니다."

자장면이 나왔다. 허리가 굽은 노파가 자장면을 두 그릇 가지고 들어왔다. 하나는 채동진에게 주었다. 나머지 한 그릇은 누구에게 줘야 하나.

"누꼬?"

"야."

채동진이 턱으로 인수를 가리켰다.

"아가 잘생기뿌네."

"감사합니다."

인수가 노파에게 인사를 했다. 노파가 채동진과 인수의 앞에 자장면을 주고 나갔다.

"먼저 먹어."

"그럴 수는 없습니다."

"먹어라. 괜찮다."

인수가 주변을 둘러보니, 다들 허락한다는 듯 고개를 끄덕이고 있었다.

"알겠습니다."

면을 비비고 양념까지 다 먹어 치울 때까지 채동진은

아무런 말도 하지 않았다.

그저 굶주린 사람처럼 자장면을 먹었다.

"먼저 먹겠습니다."

인수도 그 앞에서 똑같이 자장면을 먹어 치우기 시작했다.

먹는 속도는 인수가 더 빨랐다. 채동진이 속도를 줄였다.

하늘같은 대선배들이 인수가 먹는 모습을 가만히 지켜보고 있었다.

"맛있지?"

"네. 최고입니다."

채동진의 입 주변은 온통 시커먼 양념으로 번질거렸다. 인수가 휴지를 뽑아 두 손으로 건네주었다.

"그래. 후, 이제 좀 살 것 같네. 배가 고파서 혼났어."

"저도 맛있게 먹었습니다."

"난 이 집 자장면이 질리지가 않아. 고시 공부를 할 때부터 먹기 시작했으니, 벌써 몇 년째야?"

채동진이 입가심이라도 하는 것처럼 손으로 노란 단무지를 하나 집어 먹었다.

"박 검."

"네."

"부탁 하나 하자."

"말씀하십쇼."

"중수부장에게 올린 정보."

총장의 말에 모두의 눈빛이 빛났다. 시선이 인수에게로 향했다.

"네."

"그게 필요해."

"전부를 원하십니까? 아니면 하나를 원하십니까?"

인수의 말에 채동진의 눈빛도 번쩍거렸다.

"하나."

하나의 정보. 그것은 바로 채동진의 약점이었다. 그리고 모든 정보는 지금 이 자리에 앉아 있는 자들을 포함한 타인의 약점이었다.

"그렇다면 드릴 수 없습니다. 그 하나를 뺀 나머지 정보는 모두 드릴 수 있습니다."

채동진을 제외한 나머지 사람들의 얼굴이 경직되었다. 박재영이 양쪽의 법정을 통해 자신들의 약점을 쥐고 있다는 사실을 이제야 알게 된 것이다.

"왜지?"

"총장님의 뒷조사는 하지 않았기 때문입니다."

"그 인간이 지시하지 않았어?"

"네."

"그래?"

놀랍다는 표정이었다. 모두 다 뭔가 이상하다는 눈치를

305

주고받고 있었다.

혼외자식.

채동진이 한수영 사건 특검에 이어 신약 게이트 재수사를 공수처로 가져가는 데 있어서 가장 걸리는 부분이었다.

이 사실을 박재영이 모르고 있다니. 과연 믿어도 될까?

문제는 검찰총장이 특검을 거쳐 왼팔을 잘라 낸 뒤, 아직 아물지도 않은 상태에서 나머지 오른팔까지 모두 잘라야 하는 것처럼, 특수통이 특수통을 쳐야 하는 현 상황에서 박재영은 변수로 작용했다.

박재영의 내사가 결정된 지금, 박재영이 검찰총장의 혼외자식을 터트리게 되면 자신은 공수처를 움직일 수가 없게 된다. 그 어떤 영향력도 행사할 수가 없는 것이다.

어쩌면 중대한 사건 앞에서 국민 앞에 사죄하고 총장직에서 물러나게 될지도 몰랐다.

그리고 이 총장 자리를 꿰차는 자는 오히려 박재영이 될 것이었다. 특검으로 빛나고 있는 자가 과거에 실패한 불명예를 다시 회복하기 위해 나선다면 모두 다 죽는 것이다.

한데 박재영이 모른다? 정말일까?

김민국의 대통령 당선이 유력한 상황에서 박재영을 움직여 한 팔이라도 남기는 것이 내가 살아남을 수 있는 유일한 방법일까?

"하지만 대검의 범정기획실에서는 어떨지 모르겠습니다. 알아내서 보고드리겠습니다."

인수가 말하자 채동진의 동공이 확장되었다. 모두의 눈빛도 커졌다. 그러면 그렇지.

"아닐세. 됐네."

채동진의 눈빛은 말하고 있었다.

스스로 모든 사실을 밝히고 깨끗하게 물러나는 것만이 가장 현명한 길이라는 것을.

아직까지는 타락한 검사들보다 정의로운 검사들이 더 많으니까.

검찰은 검찰을, 정권을, 재벌을 위한 것이 아닌 오직 국민을 위해 일해야 한다.

다 죽는다.

죄를 지었으면 누구라도 마땅히 받아야 할 벌이거늘, 왜 그것을 지켜 내야 하는지 회의감이 밀려들어 왔다.

채동진은 인수의 눈을 바라보며 마음의 결정을 내렸다.

자신은 이제 뒤로 물러나 지켜보아야 한다. 정의로운 검사들에게 맡길 수밖에 없었다.

◇　◆　◇

취조실에서 박재영은 인수의 질문에 대답해야만 했다.

산전수전을 다 겪으며 돌고 돌아 정년을 앞둔 자신이 검사 신분증에 잉크도 마르지 않은 신임 검사에게 취조를 당하고 있으니 허탈할 뿐이었다.

그래서 두 눈을 감고만 있었다.

"박재영 변호사님."

변호사라는 말에 눈썹이 꿈틀거렸다.

"당시 신약의 우두머리였음을 인정하십니까?"

인수의 첫 질문이었다.

박재영은 두 눈을 감은 채 모르쇠로 일관할 뿐이었다.

저 거울을 통해 지켜보는 놈들 앞에서 말 한마디 잘못했다가는 과거처럼 다시 추락하고 말 것이다.

모두가 얽히고설켜 있는 이 판에서, 정권의 시녀를 자처하는 저들은 자신을 희생양으로 삼아 이 모든 사태를 다시 잠재울 테니.

세상이 한바탕 뒤집어졌다고 한들 시간이 지나면 자연스레 잊히고 묻힐 뿐.

여야가 처음으로 합의해 특수통의 중심부인 대검 중수부를 폐지시킬 동안 우리 검찰은 무엇을 했단 말인가?

'공수처? 빌어먹을 놈들.'

다 똑같은 놈들이다.

눈을 뜨면 보이는 이 새파란 놈도 벌써 권력욕에 물들어 감히 내 목에 칼을 겨누다니.

인간의 권력욕을 함부로 얕보면 안 된다.

신약의 우두머리였음을 인정하는 순간, 72리스트는 당시의 과잉수사와 함정수사 등을 이유로 효력을 잃게 될 것이고, 그 모든 책임을 자신이 떠안게 될 것은 자명한 일.

어떻게 해야 하나.

입을 꾹 다물고 있는 것만이 상책이다.

정적만이 흘렀다.

시간이 느리게 흘러갔다. 그 정적을 인수가 깨트렸다.

"서한철을 이 자리에 데리고 올 수 있습니다. 자, 대답하시지요."

감겨 있던 박재영의 두 눈이 번쩍 떠졌다. 무엇을 물어보든 끝까지 모르쇠로 일관하겠다던 박재영이 그 한 방에 무너진 것이었다.

그와 동시에 취조실 밖에서 안을 들여다보고 있던 공수처장과 검사들의 두 눈도 휘둥그레졌다.

모두가 똑똑히 듣고도 자신의 귀를 의심했다.

"지금 저 녀석 무슨 소리 하고 있는 거야?"

공수처장이 말하는 그때 인수가 밖으로 나왔다.

"모셔 올 사람이 있습니다."

"누구?"

"서한철 수사관의 아내 분입니다."

"부인은 그동안 서한철의 행방을 알고 있었던 거야?"

"네."

모두가 어이를 상실한 표정으로 박재영의 등을 바라볼 뿐이었다.

그때 박재영이 뒤를 돌아보았다. 취조실 밖을 의식하고 보는 것인지, 아니면 거울을 통해 자신의 얼굴을 보는 것인지 알 수가 없었다.

"들여보내요."

인수가 밖에서 대기하고 있는 수사관에게 연락했다.

수사관의 안내를 받아 오윤희가 취조실로 들어오자, 인수가 자리에서 일어섰다.

"앉으세요."

오윤희가 박재영의 앞에 마주 앉자, 박재영이 감은 두 눈을 번쩍 떴다. 그 눈은 무서울 정도로 핏발이 서 있었다.

"한철이 어디 있어? 그동안 왜 날 속인 거야?"

오윤희가 슬픈 눈으로 박재영을 바라보았다.

밖에 위치한 모두가 숨을 죽이고 상황을 관망했다.

그때 인수가 외부로 통하는 마이크를 차단했다.

녹음 장비도 정지시켰다.

파박.

실내의 조명도 나가 버렸다.

유리창을 통해 보이는 것은 칠흑 같은 어둠뿐이었다.

"뭐야?"

"이거 왜 이래?"

공수처장을 비롯해 지켜보던 모두가 당황했다.

아무것도 보이지 않는 어둠 속.

서한철이 입을 열었다.

"형님, 접니다."

〈6권에 계속〉

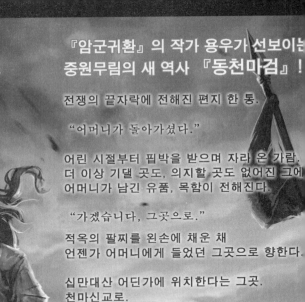